Vorwort

KÄMPFEN BENNY!
Mein Leben und Benjamin

So soll mein Buch heißen. Ich werde erzählen von Benjamins Leben, unserer gemeinsamen Zeit und vor allem vom Kampf gegen den übermächtigen, hinterhältigen Feind: LEUKÄMIE.

Ich möchte Benni ein Denkmal setzen. Er hat mein Leben verändert, von dem Tag an, da sich unsere Wege kreuzten.

Ich möchte den unzähligen Menschen ein Denkmal setzen, die uns halfen und begleiteten vor und während dieser schweren Zeit. Ich werde erzählen von unserem starken und tapferen Kampf. Wir kämpften alle – alle gemeinsam mit Benni! Verwandte, Bekannte und Fremde, Freunde und Feinde. Für das Leben, gegen den Tod.

Alle trugen und stützten Benjamin und uns. Sie machten uns Mut und verzweifelten mit uns angesichts der brutalen Wahrheit.

Niemals hätten wir gewagt zu glauben, dass so viel Mitgefühl, Wärme und Herzlichkeit möglich sind.

Niemals hätten wir geahnt, was man gemeinsam bewegen kann.

Dieses Buch soll ein Dank sein an alle, die bei uns waren, mit Wort und Tat – oder in Gedanken. Mir ist bewusst, und es macht mich auch traurig, dass sich nur ein Bruchteil der Menschen, die so viel gaben für Benni, hierin wiederfinden wird. Es ist unmöglich, von allen Aktionen zu erzählen, leider war und ist mir vieles auch gar nicht bekannt. Tausende Helfer wurden zu stillen Helden, wollten kein Wort darüber verlieren.

In Gedanken sind wir hier bei euch und schöpfen unheimlich viel Kraft aus den Erinnerungen.
Es soll Mut machen, Mut, nach vorn zu sehen in den dunkelsten und schwersten Stunden, die ein Mensch irgendwann im Leben je durchschreiten muss.

Mut, zum Helfer zu werden – man kann unendlich viel tun, man kann unendlich viel erreichen, gemeinsam.

Diese Zeilen mögen jedem Einzelnen da draußen das Bewusstsein und den Willen geben, freudig, intensiv und dankbar die Zeit mit den Menschen zu verbringen, die ihm lieb und wichtig sind.

Es soll ein Denkmal sein.

Für Benni – für euch!!

P.S.:
Benny(i)?
Für uns ist er Benni mit »i«, in der Öffentlichkeit wurde ein »y« daraus. Für meine hier aufgeschriebenen ganz persönlichen Erinnerungen bleibt es bei der Schreibweise: Benni mit »i«!

»Der Neue«

Anfang 1995

»Wir haben in unserer Klasse einen Neuen – Benjamin.« Alle schnatterten aufgeregt durcheinander. »Er ist aus Berlin zu uns gezogen, ich glaube, er ist Hertha BSC-Fan und spielt selbst

Fußball. Sieht auch ganz gut aus und ist ziemlich cool. Auch nicht blöd, naja.« Soweit meine elfjährige Tochter Juliane, genannt Jule. Heimlich schwärmte manches Mädchen aus der 5 b für ihn. Ob er das merkte? Er nahm es wohl gelassen.

Die Familie hatte sich mit ihren beiden Jungs einen lang gehegten Traum erfüllt und war aus Berlin zu uns hinaus ins Grüne gezogen. Ca. 30 km östlich vom Stadtzentrum entfernt lag das Reihenhaus im Stil der 80er-Jahre. Dieses Haus war das Ergebnis einer monatelangen Suche und entsprach den Vorstellungen aller Familienmitglieder.

Jeder würde sein eigenes Zimmer bekommen, im Keller sollte das Schlagzeug aufgebaut werden. Das Haus lag direkt am Wald und war von einem kleinen Garten umgeben. Hinter dem Haus befand sich eine Pferdekoppel. Man hörte laut den Kuckuck rufen und nachts stand regelmäßig eine Wildschweinrotte kurz vor dem Gartentor. Es war ein bisschen wie Urlaub. Zwei Badeseen machten den neuen Wohnort noch attraktiver.

Das Einzige jedoch, was Benjamin wirklich interessierte, war, ob es im nun auserwählten Heimatort einen Fußballverein gab. Und den gab es – zum Glück. Viele Mannschaften trainierten hier sehr aktiv, von den jüngsten Knirpsen bis zu den »Alten Herren« bzw. »Senioren«, wie sie wohl auch genannt werden. Nachdem Vater und Sohn Verein und Fußballplatz kennen gelernt und für gut befunden hatten, stand dem Umzug nichts mehr im Weg. Patrick, Benjamins fünf Jahre älterer Bruder, interessierte sich zu der Zeit weniger für Fußball, ihn zog es meist nach Berlin zu seinen alten Kumpels. Benjamin trat sofort dem Verein bei und stand von nun an auf allen Positionen und vor allem als Stürmer seinen Mann. Er war »Linksfuß« und somit von gewissem Seltenheitswert.

Benni hatte etwas, es lässt sich schwer beschreiben. Er konnte, wenn er wollte, mit seinem angeborenen Charme alle um den

Finger wickeln. Die Mädels ließen sich natürlich gern »wickeln«. Ein guter Grund, regelmäßig um das Haus der »Neuen« zu schleichen, war der niedliche junge Hund mit dem Namen »Adele«, der zur Familie gehörte. Ein schöner schwarzer Schäferhund. Ach, wie liebten sie plötzlich alle Hunde. »Adele ist ja so süß, wir möchten auch einen Hund oder wenigstens täglich Adele sehen – ist Benjamin zufällig auch da???«

Gern trafen sich die Freunde zum Spielen abwechselnd bei jemandem zuhause, alle wohnten nicht weit voneinander entfernt. Man mochte sich einfach und verbrachte gern die Zeit miteinander. Wir Eltern kannten uns und die Neuen aus Berlin waren auch sehr nett.

Einmal spielten sie Verstecken im Haus einer Schulfreundin. Die Mädchen kicherten und versteckten sich. Benni machte mit, er fand den Keller als Versteck ideal. Eigentlich hatten die Eltern des Mädchens ausdrücklich verboten, andere Kinder während ihrer Abwesenheit ins Haus zu lassen. Vor allem keine Jungs bitte! Muss man sich daran halten? Es wird schon keiner merken. Mist, Mutter und Schwester sind im Anmarsch. Wo ist eigentlich Benni, er wurde noch nicht gefunden? Hilft nur abwarten. In seinem Versteck hatte Benni wohl irgendwie die Lage erkannt und harrte geduldig aus, ob Entwarnung gegeben wird. Es dauerte eine Ewigkeit, nichts geschah. Plötzlich knarrte die Kellertür.

Die Befreiung ist nah … Denkste!, die große Schwester wollte nur die eingekauften Kartoffeln in den Keller bringen. Sie hörte ein Rascheln – Mäuse? Da entdeckte sie Benjamin, der mit einem verlegenen Grinsen aus der dunklen Ecke hervorkam. Wird es Ärger geben?

Sie nahm ihn mit hoch und befreite ihn somit endlich aus seiner misslichen Lage. Alle sahen ihn entgeistert an und brachen dann in schallendes Gelächter aus. Das ging noch mal gut.

Benni, Hertha-Fan mit Leib und Seele, Sommer 1995

Benjamin im September 1995, neu im örtlichen Fußballverein

Männertour zum Balaton und wie wir uns fanden

Sommer 1999

Noch bevor ich mit Benjamins Vater zusammen war, hatte er seinem Jungen eine »Männertour« an den Balaton versprochen. Zeit und Geld waren knapp und so konnte man eine Woche Spaß für wenig Geld haben. Nun war es also so weit und wir frisch Verliebten mussten uns zum ersten Mal trennen. Das fiel uns ziemlich schwer, eine ganze Woche, sieben unendliche Tage lang, wie sollten wir das durchstehen? Aber es musste und sollte so sein, im Auto war auch kein Platz mehr frei. Ich musste zuhause bleiben. Also startete Andy mit seinem Honda »Accord« und den vier pubertierenden Helden (die langjährigen Freunde Thomas und Stephan, der immer lustige Tobias und unser Benni) in Richtung Balaton. Er hatte sich viel vorgenommen. Endlich mal Zeit für Benjamin, schön gemeinsam frühstücken und die Gegend erkunden, so wie man es von den vorigen Urlauben kannte.

Am ersten Tag deckte er liebevoll den Frühstückstisch, besorgte frische Brötchen und wartete und wartete … nichts! Niemand! Gegen 12.00 Uhr frühstückte er, nachdem er halb verhungert war – man steht ja schließlich um 7.00 Uhr auf – allein. Von unseren Helden immer noch keine Spur.

Zweiter Tag: Andy deckte liebevoll den Frühstückstisch, frische Brötchen. Er wartete und wartete … nichts! Niemand!

»Klar, die ungarischen Nächte sind heiß und aufregend. Der Wein ist süffig und wir waren ja auch mal jung. Aber ich wollte doch Urlaub mit meinem Jungen machen. Frauke ist auch so weit weg. Irgendwie blöd«, dachte Andy doch etwas enttäuscht bei sich. Um 11.30 Uhr gab er auf, frühstückte und machte sich auf den Weg, seinen einmal festgelegten Plan – »Erkunden der Gegend« – in die Tat umzusetzen. Dann eben allein. Pech für die Jungs.

Am dritten Tag stellte er nur noch die Brötchen hin, auch er war schließlich lernfähig. Man traf sich ja regelmäßig am späten Nachmittag. Nun wurde gemeinsam ausgiebig Fußball gespielt, rumgeblödelt und alle noch so sinnlosen Touristenangebote angenommen. Die Jungs lernten interessante Leute kennen. »Sangria-Trinker«, »Aussteiger« und »Hochstapler«. Sie ärgerten die unschuldigen Badegäste am Strand mit lautem »Wolfgang Petri«-Gedudel und fühlten sich frei und sorglos. Ich glaube, Andy war nach einer Woche froh, dass er seine Jungs ohne größere Zwischenfälle inklusive Polizei- und Rettungseinsätzen wieder einsammeln konnte. Wir lagen uns nach dieser entsetzlich langen Trennung glücklich in den Armen.

Ich hatte mich natürlich während der Zeit um Haus und Hof gekümmert. Die liebe Adele wurde pflichtbewusst von mir ausgeführt. Nur hatte ich nicht damit gerechnet, wie viel Kraft so ein Schäferhund hat. Wir hatten früher zuhause immer Dackel. Diese hören zwar selten – ehrlich gesagt, so gut wie nie –, aber man konnte sie sich zur Not unter den Arm klemmen, wenn sie partout nicht so wollten wie Frauchen. Ich schlenderte also mit Adele eine Runde um die Reihenhaussiedlung. Ein Bekannter kam uns mit seinem Hund entgegen, ich grüßte höflich … und plötzlich ging es in fröhlicher Rutschpartie auf dem Bauch die kopfsteingepflasterte Straße entlang. Adele wollte den Hund des Bekannten näher kennen lernen und riss mich einfach um. In vollendeter Haltung, Arme und Beine durchgestreckt, surfte ich ca. 20 Meter in Richtung Ziel, natürlich verantwortungsbewusst die Leine mit dem rennenden Hund ganz fest im Griff. Auf die Idee, einfach loszulassen und somit meine peinliche und auch schmerzhafte Rutschpartie zu beenden, kam ich vor

Schreck mit keinem Gedanken. Das war ein Spaß, vor allem für die Leute hinter den Gardinen. Ich hatte zum Glück in dem Augenblick niemanden entdeckt. Der Bekannte, der auch nicht mit dieser Einlage gerechnet hatte, wollte mir zu Hilfe eilen, ich lehnte am Boden liegend dankend ab. »Nichts passiert«, rief ich locker, »wir reden später, geh lieber los mit deinem Hund.« Von wegen nichts passiert, es tat höllisch weh, die Unterarme und Ellenbogen waren von meinen vergeblichen Bremsversuchen komplett enthäutet. Meine Knie durch die Jeans – nagelneue übrigens – hindurch blutig gescheuert.

Am schlimmsten aber: Es war ja so peinlich! Ich musste trotzdem lachen, als der Schmerz nachließ, das war sicher ein Bild für die Götter.

Andy war es gewohnt, mit den Kids zu verreisen. Er war ganz selbstverständlich bei jeder Klassenfahrt und jedem Wandertag dabei. Hier lernten wir uns ja schon einige Jahre vorher kennen, denn Jule und Benni besuchten die Grundschule und auch das Gymnasium zufällig in derselben Klasse. Na gut, nicht ganz zufällig. Am Gymnasium half ich ein wenig nach, denn wir mochten die beiden Männer schon immer. Also erkundigte ich mich, welche zweite Fremdsprache Benni am Gymnasium gewählt hatte und begeisterte Jule für genau diese. Es war leider Russisch, aber egal, wer weiß, wozu es gut ist. Und so klappte es, dass »wir« wieder in dieselbe Klasse kamen. Benni und Jule sowie Andy und Frauke sozusagen als aktive Eltern. »So kann man auch mal gemeinsam zur Elternversammlung fahren, ein wenig reden«, dachte ich mir so. Später, als wir dann beide Singles waren, wurde die Sache umso spannender. Andy checkte das natürlich überhaupt nicht und redete und redete nach den Versammlungen stundenlang über Gott und die Welt. War er deshalb auch zum Elternsprecher gewählt worden? Oder weil kein anderer wollte? Egal, ich hörte geduldig zu und dachte:

»Junge, du hast echt keine Ahnung.« Ich kannte vorher keinen Mann, der so viel redete. War es vielleicht aus Verlegenheit? So dauerte es noch eine ziemlich lange Zeit, bis endlich die Gelegenheit kam, sich näherzukommen. Aber dann kam es auch mit Gewalt. An einem lauen Freitagabend im April 1999 spielte bei uns im Ort »Belmondo«, eine Westernhagen-Coverband. Ich kannte diese Band aus unserer Region noch nicht, sie spielten erst einige Monate zusammen. Aber live, das war immer gut. Ich war an diesem Abend mit einer Bekannten da, sie suchte krampfhaft einen Partner, es wollte irgendwie schon lange nicht klappen mit ihr und den Männern. Sie tat mir fast leid. Da meine Tochter und ich gerade vor einigen Monaten beschlossen hatten, aus unserem Leben eine »männerfreie Zone« zu machen, wollte ich großherzig meiner Freundin Bennis Vater empfehlen. Ich fand, das könnte ich reinen Gewissens tun, er war wirklich kein schlechter Typ. Doch irgendwie klappte es nicht mit dem Verkuppeln. Und plötzlich war es passiert …

Ich dachte, warum soll ich mir nicht mal selbst was Nettes gönnen, anstatt immer an andere zu denken. Die »männerfreie Zone« war vergessen, die Livemusik von »Belmondo« war nicht unschuldig daran. Es ging so unter die Haut, wie sie von Liebe und Schmerz sangen: »Ich bin wieder hier«, »Sexy« und noch mehr Westernhagen pur. »O.k., wir sind dabei«, spürte ich und ließ es einfach geschehen. Es war so schön aufregend und voller Gefühl. Vielleicht war auch der erwachende Frühling schuld, egal – er war wundervoll, unser erster Abend. Wir verabredeten uns für den nächsten Tag.

Wer nicht pünktlich am verabredeten Ort erschien, war natürlich ich. Das ist nichts Besonderes, aber er kannte mich eben noch nicht so gut. Ich komme eigentlich fast immer unpünktlich, kein Grund zur Panik.

Andys Kumpels wussten es genau: »Die kannst du vergessen, das wird nichts …« Aber auch sie kannten mich nicht.

Nachdem ich feststellen musste, dass der »liebe Andy« nicht wenigstens eine gute halbe Stunde auf mich gewartet hatte – das hätte er ja nun wirklich aushalten können – und allein zur geplanten Party gefahren war, traten unsere Kinder auf den Plan. Ich hatte Jule das, was sie zu dem Thema wissen musste, erzählt. Natürlich nicht alles, sie war ja erst 15! Also gegen den Elternsprecher hatte sie als Eindringling in unsere »männerfreie Zone« grundsätzlich nichts einzuwenden. Ansonsten hätte sich das auch für uns erledigt. Aber so war es viel besser. Sie kannte Bennis Vater ja schon gut von den Klassenfahrten, er war o.k. Benni wurde eingeweiht. Auch er hatte nichts dagegen. Man muss ja schließlich fragen, fand ich. So wurde er zum Helfer, das Date zu retten. Die Telefone liefen heiß, die Akkus waren alle und am Ende kamen die Königskinder zusammen. Amen!

Vater und Sohn on Tour

Benni und Jule on Tour

Zelten am »Helenesee« und Start in die zehnte Klasse

immer noch Sommer 1999

Nachdem Jule und Benni die neunte Klasse beendet hatten, kamen wir auf die Idee, ein paar Tage gemeinsam Urlaub zu machen. Andy musste arbeiten und so beschlossen wir, mit dem Zelt an die »Helene« zu fahren. Warum in die Ferne schweifen? Der »Helenesee« in der Nähe von Frankfurt/Oder lag ungefähr 70 km von uns entfernt. Einen schönen Zeltplatz sollte es dort auch geben. Es war nichts Spektakuläres, aber immerhin. Die zwei hatten Lust dazu und eine Bekannte von uns (genannt

Polli) mit ihrem dreijährigen Sohn Marvin schloss sich an. Wir verstauten unsere Siebensachen, Zelt und alles, was dazu gehört und natürlich reichlich Verpflegung. Es soll Leute geben, die haben ständig Hunger. Da musste man vorsorgen, um sie bei Laune zu halten. Das hatte ich schon längst gelernt und wir packten ein. Schon in anderthalb Stunden hatten wir unser Ziel, den schönen Helenesee bei Frankfurt/Oder, erreicht. Wir schafften es, unsere Zelte ohne Anweisungen des familieneigenen »Zeltmeisters« Andy aufzubauen und hatten viel Spaß dabei. Die Heringe zappelten und wollten einfach nicht in dem sandigen Waldboden halten, die Zeltstange war krumm und wackelte hin und her – irgendwann konnten wir jedoch stolz in unsere Zelte kriechen. Ein tolles Gefühl. Marvin der kleine Frechdachs sorgte für Stimmung und die zwei Großen fanden das alles ziemlich lustig. Sie tobten mit ihm, schleppten ihn herum und lachten über seine Späße. Meine 15-jährige Jule zog nach unserer Rückkehr dieses lustige Resümee in ihrem Tagebuch:

Zelten am Helenesee – Was geschah
Jule wundert sich schon sehr
Marvin schiebt Mülltonnen hin und her.
Acht Mark fürs Tretauto waren viel zu viel
Mülltonnenschieben ist ein viel besseres Spiel!
»Benni mach mal«, ruft die Polli –
und er fühlt sich wie ein Prolli.

Und Benni machte. Er hatte eine Engelsgeduld.

Im Kino musste Marvin unbedingt dem vor ihm sitzenden älteren Herrn an den Haaren ziehen, wohl um zu testen, ob sie echt waren, er fasste ihn respektlos an die Nase, zog dem seriösen Kinobesucher heftig die Ohren lang und es gab – welch Überraschung – mächtig Ärger. Wir taten so, als würden wir den Störenfried nicht kennen, obwohl er durch den halben Saal lauthals nach uns rief. In weiser Voraussicht hatten wir uns nämlich einige Reihen vor dem Kleinen und seiner Mutti platziert, wir ahnten schon, was kommen würde. Nach Beendigung der Vorstellung konnten wir uns dann vor Lachen kaum halten, es war doch irgendwie zu komisch. Er war schon ein lustiges Kerlchen. So ein Geschwisterchen für die zwei, dachte ich damals bei mir, das wäre vielleicht die Krönung. Dass sie Kinder liebten, hatte ich sehr deutlich gespürt.

Während dieser Tage wanderten wir viel am Seeufer entlang und redeten. Manches konnte ich zur Sprache bringen, was mir auf dem Herzen lag. »Benni, hast du überhaupt Lust, das Abi zu machen?«, fragte ich Benjamin. Seine Zensuren waren leider ziemlich abgesunken und auch sonst gab es reichlich Beschwerden.

»Wenn du es wirklich willst, solltest du alle Kräfte mobilisieren, wir helfen dir dabei, wenn du möchtest.« Dass er es besser konnte, stand außer Frage, bis vor Kurzem waren seine Leistungen einwandfrei, das Lernen fiel Benni immer leicht. Aber er musste auch wollen. Wir redeten in aller Ruhe und beschlossen, gemeinsam einen guten Start in das neue Schuljahr zu versuchen. Ich selbst drückte während dieser Zeit die Schulbank für eine Umschulung. Meinen bisherigen Job als Kindergärtnerin war ich losgeworden, ich wurde einfach nicht mehr gebraucht. Keine Kinder – kein Bedarf an Erziehern – logisch. Die Zahl der Kinder insgesamt in unserem Land und auch in unserer Einrichtung war nach der Wende drastisch abgesunken. Demzufolge gab es auch eine Welle von Entlassungen der Erzieher. Natürlich nach einem am grünen Tisch ausgearbeiteten Sozialplan. Es ging nach Alter und Beschäftigungszeit. Da war ich mit meinen damals 35 Jahren und 16 Jahren im Beruf die Jüngste und musste leider gehen. Um nicht völlig zu verzweifeln, begann ich also eine kaufmännische Umschulung. Mal was ganz anderes probieren, davor hatte ich noch nie Angst. Darum konnte ich mich besonders gut in die beiden hineinversetzen. Auch ich hatte doch manchmal keine Lust auf acht und mehr Stunden Unterricht. Auch ich musste erfahren, dass es einzelne unfähige Lehrer gibt, die einem das Leben schwer machen. Das hatte ich, ehrlich gesagt, früher manchmal anders gesehen. Da wusste ich es immer ganz genau: »Das liegt bestimmt an dir« war mein Standardspruch, wenn Jule sich mal wieder beschwerte. Aber ganz so einfach ist es nicht immer, das hatte ich neben Paragrafen und Buchhaltung lernen müssen.

Benni wusste, worum es ging, und dass er es auch drauf hat. Es lag nun in seiner Hand. Also schlossen wir einen Pakt. Die beiden sollten sich gegenseitig helfen und beistehen, das bot sich ja auch an. Sie könnten zusammen Hausaufgaben machen und lernen, sich abfragen und motivieren. Wir würden helfen, wo wir konnten, das war sowieso klar. Es klang alles sehr gut. Wir gaben uns die Hand darauf. So machen wir das!

Nach dem Kinobesuch, Stadtbummel in Frankfurt/Oder (Polli, Benni mit Marvin, Jule)

Es ist vollbracht, die Zelte stehen

Einige Wochen nach Schuljahresbeginn nahm die Entwicklung rasant einen anderen Verlauf. Politische Einstellungen waren plötzlich mehr gefragt als gute Klausuren. Hauptsache rebellieren. Und so konnten die in diesem Augenblick als »linke Zecke« abgestempelte Jule und der als »rechts« eingestufte Fußballfan Benni gar nichts mehr füreinander tun. Sie hatten ihre Schublade gefunden beziehungsweise verpasst bekommen. Viel steckte nicht dahinter, aber sie konnten diese Schublade nicht mehr verlassen, selbst wenn sie es gewollt hätten. Sie steckten fest, zu fest. So bekam Benni natürlich immer mehr Schwierigkeiten und in der Schule war alles und jeder »voll blöd« und »öde«. Kein Bock mehr, was zu tun, zu akzeptieren oder einzuhalten. Stress mit den Lehrern und allen, die ihm in die Quere kamen, war angesagt. Die »Alten« natürlich eingeschlossen.

Nur seine Freunde in Berlin, die »Harlekins«, eine 1998 gegründete Fangruppierung, hatten eine Chance. Mit denen stand er bei allen Hertha-Spielen in der Fankurve und feuerte seinen Verein an. Mit ihnen verbrachte er auch unzählige Stunden in Bussen und Zügen, auf Bahnhöfen und in Stadien. Bei allen Auswärtsspielen, bei Spielen befreundeter Vereine, wie dem Karlsruher SC – überall traf man die »Harlekins« und Benjamin.

Die Lehrer am Gymnasium gaben sich große Mühe mit Benni, er machte es ihnen wirklich nicht leicht. Sie hatten viel Verständnis und Geduld mit ihm und wollten ihn auch nicht aufgeben. Er lag ihnen am Herzen, trotz allem. Es hatte keinen Sinn, Benni wollte nicht mehr. Er wollte einen Beruf lernen und endlich Geld verdienen. Es musste etwas passieren. »Würdest du mit mir zum Arbeitsamt fahren? Vaddern kriegt nicht frei«, fragte er mich eines Abends. Andy arbeitete zu dieser Zeit beim Straßenbau, 14 – 16 Stunden im Sommer auf der Baustelle waren keine Seltenheit. Viel zu wenig Zeit für Benjamin, aber es ging nicht anders. »Gut, wir machen einen Termin, dann kann ich das vielleicht irgendwie einrichten. Wir kriegen das hin, keine Sorge«, meinte ich und grübelte, welche Unterrichtsstunde ich dafür am Besten schwänzen könnte. Also machten wir uns einige Tage später auf den Weg zu unserem Termin bei der zuständigen Ausbildungsberaterin. Vor uns saß eine erfahrene und freundliche Frau. Sie mochte Benni, das merkte ich sofort.

Vor einigen Monaten hatte sie vor der Klasse von Benni und Jule über berufliche Perspektiven gesprochen. Benjamin war an diesem Abend völlig ausgerastet, warum auch immer, und hatte sich furchtbar danebenbenommen. Ich wollte damals im Erdboden versinken oder ihn gar nicht kennen. Andy war verzweifelt auf dem Nachhauseweg. Was war nur in den Jungen gefahren? Ich musste alle meine Künste aufbieten, ihn zu trösten.

Erinnerte sich die freundliche Frau dort hinter dem mit Akten beladenen Schreibtisch an diesen Auftritt? Eigentlich konnte man das nicht vergessen. Sie ließ sich nichts anmerken. Hut ab vor so viel Größe. Auch Benni tat mal wieder, als sei nie etwas gewesen.

Nun saß ich mit dem völlig unschuldigen und furchtbar lieben Benjamin in dem kleinen Büro im Arbeitsamt und wir schilderten unser Problem. Wir fühlten uns ratlos. Was war jetzt das Richtige? »Wenn du wirklich im Augenblick keinen Bock mehr hast, dann beende die zehnte Klasse so gut wie möglich und such dir schon jetzt einen Ausbildungsplatz. Das Abitur kannst du später jederzeit nachholen. Oft platzt bei den Jungs der Knoten später, das ist kein Thema. Welche Ausbildung könntest du dir denn vorstellen?«

»Keine Ahnung«, meinte Benni, was voll und ganz der Wahrheit entsprach. Sie gab uns einen Stapel Informationsmaterial und Anschriften für Bewerbungen mit und wünschte uns viel Erfolg. Wir packten alles ein und gingen erst mal ein Eis essen. Zuhause wollten wir mit Andy in Ruhe über alles sprechen.

Nachdem wir schleunigst einige Bewerbungen in alle Himmels- und Berufsrichtungen abgeschickt hatten, war es dann doch alles nicht das Richtige. Mir fiel mein alter Schulfreund und Vereinskamerad Heinrich ein. Er hatte eine kleine Trockenbaufirma, bildete regelmäßig Lehrlinge aus und war voller Verständnis für sie auch in schwierigen Zeiten. Das hatte ich zumindest gehört. Aus eigener Erfahrung wusste ich, wie gut er Leute motivieren konnte. »Man wächst mit seinen Aufgaben«, meinte er immer im Brustton der Überzeugung, wenn er mir in unserem damaligen Verein (DLRG) eine Aufgabe aufdrücken wollte oder musste, weil sich kein anderer fand. Und er hatte Recht, es machte immer Spaß, gemeinsam etwas zu schaffen, und man wuchs tatsächlich daran. Auch Jule brachte er in ihrer Ausbildung zur Rettungsschwimmerin immer wieder voran.

Bei ihm würde Benni in guten Händen sein, dachte ich mir.

»Was meinst du, soll ich ihn fragen, ob er dich nimmt?« »Trockenbauer, was ist das?« Ich erzählte ihm, was ich wusste – viel war es nicht – und ließ ihm Zeit.

Mit Bennis handwerklichen Fähigkeiten war es meiner Meinung nach zu diesem Zeitpunkt noch nicht weit her. Seine Freizeit verbrachte er meist mit Trainieren, Fußballspielen, Auswärtsfahren oder Heimspiele im Berliner Olympiastadion gucken. Und natürlich im »Fanprojekt« – was immer sich auch dahinter verbarg – mit seinen »Harlekins«. Ich hatte keine Ahnung damals.

Mit seinem Vater hatte er in den letzten Jahren nicht sehr viel Gelegenheit zum Werkeln und wohl auch keine rechte Lust. Zumindest hörte ich Benni schon beim Rasenmähen fluchen und sei es, weil die herabhängenden Äste ihm seine frisch gestylte Frisur dabei verwüsteten.

Benni kam zu dem Entschluss, ich sollte Heinrich anrufen. Trockenbauer, das wär's. »Gibt's da auch Geld für? Alles klar. Das will ich!«

»Wirklich?«

»Ja doch, wenn ich es dir sage.«

»O.k., ich ruf an.«

»Hallo Frauke, wie geht's? Lange nichts gehört«, vernahm ich Heinrichs Stimme am anderen Ende. Stimmt, wir hatten uns irgendwie aus den Augen verloren. Nie Zeit, sich zu treffen. Schade.

Nach der Wiederhörensfreude kamen wir zum Punkt. Ich erzählte ihm alles, und was meinte mein Heinrich? »Du hast vier Jahre lang meinen Jungen in der Kita liebevoll und geduldig umsorgt und erzogen, wenn ich jetzt etwas für dich tun kann, dann gerne. Kommt mal vorbei.« Ich sah direkt seinen kleinen

Sohn mit den großen ausdrucksstarken Augen vor mir. Eine kleine starke Persönlichkeit, die wusste, was sie wollte, genau wie Benni. Es war nun schon fast zehn Jahre her.

Ich war gerührt. Wir verabredeten einen Termin, um die Sache klarzumachen. Hoffentlich würde Benni mich nicht blamieren. Ich hatte ihn doch in den höchsten Tönen gelobt. Beim persönlichen Gespräch zeigte er sich mal wieder von seiner Schokoladenseite. Ich war mächtig stolz auf ihn. Der Ausbildungsvertrag konnte unterschrieben werden. Und Benni hatte auch richtig Lust dazu. Die Schule beenden, ein Traum wurde wahr. Und dafür gibt's auch noch Geld. Perfekt!

Das erste Jahr lief planmäßig. Benni lernte viel und es machte ihm auch meistens Spaß. Die Theorie fiel ihm wie gewohnt leicht und er zählte wieder zu den Besten. Das tat ihm und auch uns gut.

Benni, Tante Trudchen und der Bluff

Herbst 1999

Jede Woche einmal fuhr ich zu meiner 85-jährigen Großtante, »Tante Trudchen«, die ich sehr mochte. Ich half ihr im Haushalt, wir erledigten den Einkauf und erzählten uns alles, was uns bewegte.

In dieser Beziehung nahmen und gaben wir einander unheimlich viel. Mit ihrer großen Lebenserfahrung prägte sie mich sehr. Ich glaube, durch den Anteil, den sie an meinem stets bewegten Leben nahm, blieb auch sie immer am Ball und irgendwie jung.

Ich wollte Benni, so wie auch meine Jule, daran teilhaben

lassen. Der Austausch zwischen Jung und Alt bedeutete mir schon immer viel. Geschichten, die die Alten uns nicht mehr erzählen konnten, weil wir nicht wollen oder keine Zeit haben, sind für immer verloren. Und es gibt doch noch so viele Geschichten. Irgendwann wollte ich auch alles aufschreiben, was ich Spannendes von ihr erfuhr. Das hatte ich mir fest vorgenommen. Leider schaffte ich es nicht mehr, sie verließ uns, bevor ich die Sache in Angriff nehmen konnte.

»Tante Trudchen« lebte seit über siebzig Jahren in dieser Stadt, sogar in dieser Wohnung. Sie erzählte mir – und später dann auch den Kindern – Erlebnisse, die in keinem Geschichtsbuch zu finden waren. Von den unzähligen Frauen, die sich im Strausberger Straussee das Leben nahmen, weil sie von Soldaten vergewaltigt wurden und mit der Schande und den furchtbaren Erinnerungen einfach nicht weiterleben konnten. Dies zu erfahren, war damals für mich als junges Mädchen und auch später immer wieder ein wirklicher Schock. Was schleppte da eine ganze Generation noch so mit sich rum? Von all dem hatte ich nie gehört im Geschichtsunterricht und auch sonst sprach niemand darüber. Es gab damals keine Therapeuten, die halfen, keine Selbsthilfegruppen und scheinbar auch keine Vertrauten, mit denen die Frauen hätten darüber reden können. Es ging ums nackte Überleben, auch in den Jahren danach. Sie erzählte von ihrem Arbeitsdienst vor dem Krieg, zu dem alle jungen Frauen verpflichtet wurden. Sie lernten dort kochen, einen Haushalt zu führen und alles, was dazu gehört. Der 22-jährigen Gertrud wurde nach 25-wöchigem Arbeitsdienst fern der Heimat Folgendes bestätigt:

Führung: kameradschaftlich
Eignung für land- und besonders hauswirtschaftliche Arbeiten, die sie im Lager und in der Siedlung zuverlässig und selbstständig ausführte.

So stand es dort, fein säuberlich in altdeutscher kaum zu entziffernder Schrift.

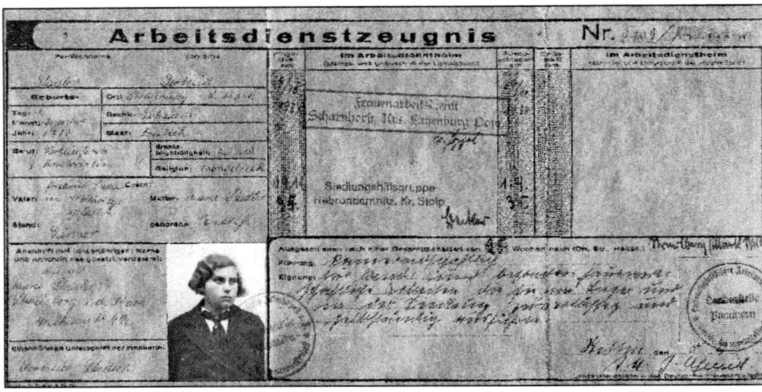
Arbeitsdienstzeugnis Nr.

Siedlungshilfsgruppe

Das Arbeitszeugnis von Tante Trudchen

»Die Zeiten haben sich zum Glück doch sehr geändert«, dachten wir erleichtert bei uns. Aber das mit dem Kochen lernen und Haushalt führen kann so falsch nicht gewesen sein. Wie viele angebrannte Töpfe und verfärbte Wäsche wären mir so vielleicht erspart geblieben. Auch die unvergesslichen Stunden, die Tante Trudchen schon als junges Mädchen im gut organisierten Schwimmverein verlebte, wurden Gesprächsthema, gespickt mit Fotos aus der guten alten Zeit. So hörten und staunten wir nur, was man von 85 Jahren prallem Leben so alles erzählen kann. Das war ja spannender als GZSZ.

Einmal nahm ich neben Jule auch wieder Benni mit. Ab und zu brauchten wir doch einen starken Mann, um beim großen Hausputz die schweren alten Möbel zu bewegen. Oder die, wie bei alten Leuten üblich, mehreren übereinandergelegten Teppiche wieder geradezurücken. Wie von Zauberhand legten sich diese regelmäßig stets in große Falten. So wurde das Gehen im Zimmer für die alte hüftkranke Dame zu einem gefährlichen Abenteuer. Alles war in dieser Wohnung irgendwie anheimelnd, alt und gemütlich. Die alte Standuhr schlug unermüdlich zu jeder halben und vollen Stunde mit einem schönen dunklen Klang, so wie schon seit vielen Jahrzehnten. Auch sie hätte viel zu erzählen, von Kriegs- und Friedenszeiten, von Krankheit, Hunger und auch Freude und Zufriedenheit, die in diesen Wänden wohnten. Für mich flüsterten die alten Möbel ihre Geschichten leise und fast unhörbar dem willigen Gast ins Ohr. Es gab keine Zentralheizung in der Wohnung, der ehrwürdige Kachelofen war mein Lieblingsplatz, seit meiner Kindheit schon. Man fühlte sich an ihn herangeschmiegt irgendwie geborgen. Auch die jungen Leute empfanden das wohl so. Wer kannte schon noch einen echten mollig warmen Kachelofen? Benjamin zeigte sich auch an diesem Nachmittag wieder von seiner besten Seite, fasste kräftig zu, war nett und freundlich, wie es der alten Dame gefiel. Er verstand es, wie so oft, einen guten Eindruck zu hinterlassen. »Ein prima Junge, euer Benjamin«, meinte Tante Trudchen begeistert und ich stimmte ihr lächelnd zu. Auf dem Nachhauseweg musste ich leider etwas zur Sprache bringen, was nicht so prima war. Es brannte mir schon lange auf der Seele, und ich überlegte, wie ich es am besten anstellen könnte.

Jede Woche zweimal, immer wenn der Herr Benjamin vom Fußball oder vom Fanprojekt aus Berlin nachhause kam, waren sämtliche Begrenzungsbaken am Straßenrand auf dem Weg vom Bahnhof bis zu uns umgestoßen. Ich wurde den Verdacht nicht los, dass der liebe Benni damit zu tun hatte. Je nach Spielergebnis vor Freude oder Frust ließ er wohl seine Energien an den unschuldigen Baken aus. Früher oder später musste es herauskommen und der Ärger war vorprogrammiert. Das wollte ich ihm und seinem Vater gern ersparen. Ich musste etwas dagegen tun. Bennis Vater Andy wollte ich gern da raushalten, er hatte genug Sorgen. Nur Jule wusste Bescheid und fand meine Idee cool. Ich hatte ihr erzählt, wie mein Vater Egon mich des Öfteren überführt und »geläutert« hatte. Er bluffte einfach. Und das wirkte bei mir immer enorm. So wollte ich es auch mal versuchen.

Wir fuhren also von Strausberg nachhause und ich begann, angesichts der wieder einmal – welch ein Zufall – umgeworfenen Baken, ganz beiläufig: »Du, Benni, ich hab gestern meine alte Bekannte Bea getroffen. Sie ist Polizistin und erzählte mir von den Ermittlungen gegen den Unhold, der in schöner Regelmäßigkeit die Begrenzungsbaken umhaut. Es wurde schon herausgefunden, dass immer dienstags nachts und jedes Wochenende nach den Herthaspielen diese Vorfälle stattfinden. Sie fragte mich, ob ich mir vorstellen könnte, wer so was anstellt.« Konnte ich mir natürlich nicht vorstellen, darum fragte ich Benjamin, ob er eine Idee hätte. Benni meinte cool: »Das kriegen die Bullen doch sowieso nicht raus, kann doch jeder sein.«

Ich sagte: »Ich glaube, die fahren ganz gezielt Streife.«

»Von mir aus.«

»Naja, ist ja auch nicht unser Problem.« Damit war unser Gespräch zu diesem Thema beendet und wir legten eine CD ein, die uns dreien gefiel. Seitdem musste ich jeden Morgen schmunzeln, wenn die Schilder von Stund an schön brav stramm standen am Straßenrand. Mit der mir aus alten Zeiten bekannten Polizistin hatte ich nie über das Thema gesprochen. »Danke, Papa Egon, deine Erziehungsmethoden sind nicht schlecht.«

Auch heute noch fahre ich nicht ein einziges Mal diese Strecke entlang, ohne an meinen erfolgreichen, aber leider auch einzigen Bluff zu denken.

Fußball im örtlichen Sportverein

Seinem Fußballverein in unserem Ort, dem »HSV 90 e. V.«, war Benni nun schon über vier Jahre treu. Die Wochenenden waren nicht nur bestimmt von Spielen der Hertha, sondern auch von Spielen des HSV mit Benjamin. Einmal ließ ich mich überreden, mit auf den Fußballplatz im Nachbarort zu gehen. Die mitreisenden Eltern waren ein starker zwölfter Mann am Spielfeldrand. Und sie waren sehr subjektiv für meinen Geschmack. Aber das interessierte natürlich nicht. Ich hielt mich raus aus den lautstarken Kommentaren, das war nicht meine Kragenweite. »Foul! Abseits! Freistoß!« Die Fans (meist dieselben Eltern, die auch gleichzeitig Chauffeure, Betreuer und Tröster waren) unterstützten lautstark ihre Jungs. Diese taten es ihnen nach.

»Eh, du fette Kuh«, tönte es über den Platz. Gemeint war eine Mutter der gegnerischen Mannschaft. Wo kam das denn her? Benni, na klar! Oh wie peinlich, ich kenne euch nicht! Auch Andy nicht, der flippte ja fast so aus wie sein Sohn, der nach meinem Gefühl der größte Stänkerfritze auf dem ganzen Platz war. Ich war geschockt und wäre am liebsten im Erdboden versunken. Was war das denn? So viel Aggressivität, das war nichts für mich. Jule erklärte mir später, das gehöre dazu und sei nicht ernst zu nehmen. Hier könnten sich die Jungs mal so richtig austoben und ihren Frust rauslassen. Ich sah das etwas anders. Das würde wohl mein letzter Besuch auf dem Fußballplatz sein, obwohl sie ganz gut gespielt haben sollen, wie man mich aufklärte. Ich hatte keine Ahnung davon, wollte ich nun auch nicht mehr. Danke. Da wartete ich doch lieber zuhause mit dem Mittagessen auf die Helden, bis dahin hatten sie sich meist schon etwas beruhigt.

Benni spielte die ersten Jahre auf allen Positionen und war als Stürmer ganz gut. Vor allem die Begabung mit dem linken

Fuß zu spielen – und dann auch noch das Tor zu treffen – war von großem Vorteil. Vielleicht könnte ja noch ein ganz Großer aus unserem Benni werden. Ich würde es ihm gönnen, den nötigen Biss hatte er auch. Bloß dieses Rumgemotze, das würde er sich wohl abgewöhnen müssen. Sonst wäre sein Platz auf der Strafbank nach regelmäßigen roten Karten gesichert. So viel verstand ich nun doch vom Fußball.

Später wurde Benni dann Torwart, getreu seinen Vorbildern, den Hertha-Torhütern Christian Fiedler und Gábor Király. Schon seit 1994 (die Berliner spielten noch in der 2. Bundesliga) waren er und sein Vater treue Hertha-Fans und so oft es ging im Berliner Olympiastadion. Gemeinsam mit manchmal nur 2000 Zuschauern feuerten sie ihre Mannschaft an. Auch den sagenhaften Aufstieg der Blau-Weißen in die 1. Bundesliga erlebten sie natürlich live mit. Lebhafte Erinnerungsgeschichten und ein Stück Original-Aufstiegs-Olympiastadion-Rasen zeugten auch später noch von diesem einschneidenden Erlebnis der beiden. Király übrigens wurde zeitweise inklusive grauer Jogginghose und frechen Aktionen von unserem »Nachwuchsstar« Benni imitiert. Starallüren natürlich inbegriffen. Fiedler saß lange auf der Bank, aber sein unerschütterlicher Glauben an sich selbst und seine Gelassenheit beeinflussten ganz sicher auch Benjamin in seinem Tun.

Urlaub in Spanien

Sommer 2000

Nach unserem Ägyptenurlaub Weihnachten 1999 war ein halbes Jahr vergangen. Auf dem Rückflug aus Hurghada war ich zu der Erkenntnis gekommen, dass ich mir den pubertierenden Benni nicht noch einmal antue. So leid es mir tat, aber ich war damals doch sehr traurig. Benni konnte man (beziehungsweise wir) in dieser Zeit einfach nichts, aber auch gar nichts, recht machen. Ich glaube, er hasste sich und die ganze Welt. Nach ein paar Monaten jedoch hatte ich schon wieder fast alles vergessen, was mich damals gestört hatte und ich überlegte, ob wir nicht noch einmal gemeinsam mit unseren Kindern Urlaub machen könnten. Sie waren nun schon 16 und es würde vielleicht das letzte Mal sein, dass sie mit den alten Herrschaften weg wollen. Bekannte von Andy besaßen ein Haus in Spanien an der Costa Brava. Das wäre günstig zu mieten, perfekt für uns vier, wir bräuchten bloß noch hinzukommen. Wenigstens eine Woche, das wär doch was. Nach einigem Hin und Her beschlossen wir, nach Barcelona zu fliegen und vor Ort einen Mietwagen zu nehmen. Doch bevor wir buchten, bestand ich auf einer ehrlichen Aussprache. Das war zwar nicht unbedingt üblich, ich fand es aber wichtig. Also setzten wir uns zusammen und redeten. Ich fing an: »Benni, du weißt, dass ich bei unserem gemeinsamen Urlaub in Ägypten manchmal sehr traurig und auch wütend über dich war. Du kannst dir jetzt in Ruhe überlegen, ob wir es noch mal mit einem Urlaub versuchen wollen. Wir würden gern euch beide Kinder dabeihaben. Aber deine schlechte Laune und Aggressivität müsstest du zuhause lassen. Auch etwas mehr Achtung gegenüber deinem Vater wäre angebracht.« Benni war für Reisen immer zu haben, bis zu diesem Zeitpunkt hatte er schon viele herrliche Orte dieser Welt mit seinen Eltern und seinem älteren Bruder Patrick, Oma und Opa, Onkel und Tante gesehen. Seine Augen fingen an zu leuchten. Da war es wieder, dieses gewisse Etwas. »Ich wäre schon gerne dabei, wenn wir uns das leisten können.«

»Das lass mal meine Sorge sein.«

»Na dann«, meinte er cool. Das sollte heißen: »O.k., das damals war doch nur Kinderkram, ich bin nicht mehr so, wenn wir unterwegs sind, ich reiß mich zusammen.«

»Na dann« hieß in meinen Ohren einfach alles das, was ich hören wollte. Es war ein Versprechen. Wir freuten uns alle und gingen an die Vorbereitungen. Welcher Termin, welcher Flug und vor allem: Welches Auto mieten wir? Wir buchten das Kleinste in der Hoffnung, das Beste zu bekommen. Und tatsächlich, am Flughafen erwartete uns ein nagelneuer Renault Megane, klimatisiert, bequem und strahlend weiß.

Ab ging die Fahrt durch die riesige fremde Stadt und dann weiter die herrliche Küste entlang. Andy manövrierte uns durch Barcelona, als wäre er dort zuhause. Wir staunten nur und machten unsere Witzchen. Die Stimmung war super. Auf den Serpentinen entlang der Küste verließ uns allerdings unser Humor. Aus den geplanten zwei Stunden – auf der Karte sah der Weg so kurz aus – wurden sechs und Jule und Benni wurden immer blasser und ihnen wurde immer schlechter. Sie gaben beide lange nicht zu, wie es um sie stand, und so konnten wir es nur ahnen und auch nichts dagegen tun.

Es hieß: durchhalten!

Als wir unser Ziel erreicht hatten, wurden wir sofort für alles entschädigt. Ein eigenes kleines Haus mit einem Garten voller Palmen, Kakteen und üppig blühenden Pflanzen.

Sonne pur und nur 300 Meter zum Strand. Und wir vier wie eine richtige Familie. Vor der Tür ein längst nicht mehr weißes Auto. Ich war glücklich.

Wir genossen die Tage, als Selbstversorger waren wir vollkommen frei, die Männer standen gern und freiwillig gemeinsam in der Küche. Das lief harmonisch Hand in Hand, als hätten sie nie etwas anderes getan, und ab und zu hörte man sie lachen. Jule und ich waren auch froh, unsere Einstellung zum Kochen war anders. Wir empfanden es oft als Zeitverschwendung, stundenlang zu kochen, in fünf Minuten alles zu vertilgen und dann der Abwasch hinterher. Dann einmal aufs Klo und das war's.

Ach nein, nicht ganz. Zunehmen tut man davon auch noch. Also, was soll das Ganze? Da kann man seine Zeit sinnvoller verbringen, fanden wir damals. Das gemeinsames Kochen einfach auch ganz viel Freude und Entspannung bringen kann, haben wir erst nach und nach von den beiden gelernt. Der damals ständig hungrige Benni musste schnell akzeptieren, dass mittags in Spanien nichts geht, es ist eben Siesta. Man musste sich selbst helfen.

Wir gingen angeln mit selbst gebauten Stockangeln, erkundeten alle Strände der Umgebung, ebenso die Berge und alten Gemäuer. Es war einfach schön. Benni hielt sein Versprechen.

Am vierten Tag lagen wir faul in einer idyllischen Bucht und freuten uns auf das Baden und Schnorcheln. Irgendwie waren an diesem Tag das Licht, die Luft und die gesamte Atmosphäre unwirklich. Es war gespenstisch in unserer Bucht. Die Spanier wirkten aufgeregt und aus den kleinen laut dudelnden Kofferradios der Einheimischen drangen scheinbar sehr wichtige Nachrichten. Wir verstanden kein Wort. Ich kratzte mein bisschen Englisch zusammen und fragte die Leute am Strand: »What's the matter?« Sie zeigten in Richtung Berge und plötzlich sahen wir es auch. Gewaltige Flammen fraßen sich rasant durch die Wälder, die ersten Löschflugzeuge tankten direkt vor uns im Meer und »warfen« das Wasser über den brennenden Wäldern ab. Wir wurden genau wie alle anderen unruhig, packten unsere Siebensachen und fuhren Richtung Unterkunft. Wie nah war das Feuer unserem Häuschen wohl schon gekommen? An verschiedenen Punkten auf unserer Heimfahrt standen die Menschen dicht gedrängt und starrten fassungslos und voller Angst hinüber zu den brennenden Bergen. Würde das Feuer uns erreichen können? Uns wurde mulmig. Sicher war sich niemand hier. Je mehr die Sonne verschwand, umso bedrohlicher erschienen uns die Flammen, die scheinbar unaufhaltsam auf uns zukamen. Die Löschflugzeuge konnten doch nur ein Tropfen auf den heißen Stein sein, fanden wir, auch wenn es immer mehr Flieger wurden, die am Himmel ihre Bahnen zogen.

Am späten Abend trafen Oma und Opa und der Rest der Familie aus Berlin überraschend ein. Sie waren mit ihren Wohnwagen auf der Durchreise und machten schnell mal einen Abstecher zu uns. Auch sie hatten die Brände von der Autobahn aus beobachtet und waren besorgt. Aber sie waren ja beweglich und konnten weiterziehen. »Zur Not könnten sie uns einfach mitnehmen«, dachte ich im Stillen. Das war irgendwie beruhigend. Wir verbrachten den Abend gemeinsam und besuchten am nächsten Tag das berühmte Salvador-Dali-Museum in Figueras, dem Geburtsort Dalis. Es wurde ein interessanter, sehr heißer Tag. Zum Glück bekamen die Spanier die Waldbrände in den Griff.

Das Leben des Künstlers Salvador Dali, seiner Frau Gala und ihre ungewöhnliche Liebe berührten mich sehr. Wir hatten auch ihr Zuhause in Port-Lligat direkt am Meer besichtigt, was mich mehr beeindruckte als seine Kunst selbst. Wir saßen im Schatten eines alten Fischerbootes und ich las den anderen aus den Prospekten und Büchern vor von Dali, Gala und ihrem exzentrischen und völlig unangepassten Leben. Sie hörten still und voller Gedanken zu. Die spanische Sonne brannte auf unserer Haut und das Meer rauschte, wild und trotzdem sich immer und immer wiederholend.

Minute für Minute,
Tag für Tag,
Jahr für Jahr.

Was würde uns die nächste Zeit bringen? Würden auch wir es schaffen, genau wie diese beiden, uns nie im Stich zu lassen?

Ich hatte ein gutes Gefühl, so konnte es ewig bleiben. Manchmal gingen während dieses Urlaubs Vater und Sohn sowie Mutter und Tochter getrennte Wege. Wir Mädels wollten auch mal in Ruhe den Markt erkunden, die Männer hatten schon wieder Hunger. Jedoch kehrten sie, kaum hatten wir den ersten Marktstand gründlich inspiziert, schon wieder zu uns zurück.

Was war los? Ohne unseren weiblichen Charme hatten die beiden »Kurzgeschorenen« bei den Spaniern irgendwie sehr schlechte Karten. Sie wurden unglaublich schnell abserviert und am liebsten von hinten gesehen. Wir fanden das sehr merkwürdig. Sie waren doch trotz Glatze – Andy konnte ja nun wirklich nichts dafür – nette Menschen. »Na gut, das nächste Mal gehen wir wieder gemeinsam, dann werdet ihr wenigstens auch freundlich bedient und ihr dürft uns beschützen«, legten wir großzügig fest und machten uns auf den Heimweg, um den obligatorischen Spieleabend einzuläuten.

Die Nachrichten über die Brände drangen auch nach Deutschland, die Bilder waren erschreckend und beunruhigten die daheim Gebliebenen.

Wir jedoch verbrachten einen schönen gemeinsamen Urlaub. Ich hatte diese Entscheidung nicht bereut und war mir sicher, dem Rest der »Familie« ging es genauso. Braun gebrannt und voller Eindrücke kehrten wir nachhause zurück.

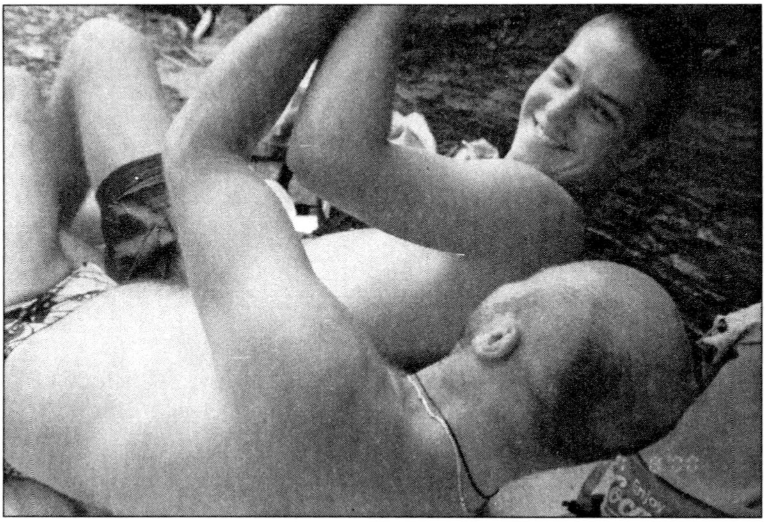

Vater und Sohn faulenzen in der idyllischen Bucht

Mutter und Tochter am Strand von Port-Lligat

Der große Traum – Hannover

Sommer 2000–2001

Kurz nach unserem gemeinsamen Urlaub in Spanien fuhr Benjamin mit einigen Berlinern zu einem Freundschaftsspiel Deutschland–Spanien nach Hannover.

Vor dem Stadion direkt am »Courtyard-Hotel« am Maschsee trafen sich einige Hannover 96-Fans und die Berliner, um gemeinsam am Abend das Spiel anzusehen.

Zwischendrin stand sie!! Blond und schlank – die Traumfrau.

Das Spiel war Nebensache. Benni grübelte die ganze Zeit, wie er an dieses Mädchen herankommen könnte. Nach dem Spiel fragte er sie einfach nach ihrer Handynummer und siehe da, es klappte, sie gab ihm die Nummer. Benni war happy. Vielleicht gefiel er ihr ja auch?

Auf der Rückfahrt nach Berlin war nichts mehr wie vorher, die Kumpels nervten, das Bier schmeckte schal. »Wie komme ich schnell wieder zu ihr, ich muss sie wiedersehen.« Das waren seine alles beherrschenden Gedanken. Er war verknallt, und zwar heftig.

Die beiden besuchten sich, so oft sie konnten und das Mädchen lernte auch Bennis Heimat kennen. Und uns natürlich. Sie war immer sehr still. Gefiel es ihr bei uns? Keine Ahnung – ich wusste es nicht. Wir bemühten uns jedenfalls sehr. Sie hatte alles, was er sich erträumte. Sie sah gut aus, sie interessierte sich für Fußball und sie hatte drei Brüder und eine intakte Familie. Hier fühlte sich Benni wohl, die Familie nahm ihn auf wie einen eigenen Sohn. Jedes Wochenende hieß das Ziel Hannover, es wurden alle Hebel in Bewegung gesetzt, den schnellstmöglichen Zug zu erreichen.

Es war eine sehr schwere Zeit für uns alle, er fand hier nur noch alles schlecht, er wollte nur noch weg zu ihr. Dort war alles gut. Mit Benjamin konnte man kaum reden. Natürlich machte das seinen Vater sehr traurig. »Was habe ich falsch gemacht?«, fragte er sich oft.

Das, was alle Eltern falsch machen mit Jungs in diesem Alter. Oder eben auch nicht. »Wer macht schon alles richtig? Wer weiß schon, was genau in diesem Augenblick das Richtige ist?«, versuchte ich ihn zu trösten. Wie immer, wenn Benni sich etwas in den Kopf gesetzt hatte, tat er alles, es auch durchzuboxen. Er wollte nach Hannover ziehen. Jetzt und sofort! Im Jahr darauf stimmten endlich alle dem Umzug zu. Unter der Bedingung, dass er dort seine Ausbildung nahtlos fortsetzt. Kein Thema für Benni, er kümmerte sich um alles. Er wusste ja, was er wollte. Er lieh sich gute Schuhe – seine alten abgewetzten Turnschuhe machten nun wirklich keinen überzeugenden Eindruck – und stellte sich in den Firmen vor. Nicht nur dank der zu großen, aber seriösen Schuhe hatte er bald den ersehnten Vertrag in der Tasche.

Wir hatten in dieser Zeit die Familie der Freundin durch Besuche und Gegenbesuche kennen gelernt. So wussten wir ihn in besten Händen. Schweren Herzens und auch ein wenig traurig und enttäuscht ließ Andy seinen Jungen ziehen. Benni wollte kein Aufsehen und keinen Abschied. Er ging einfach los mit seiner Reisetasche. Mit verliebten Jungs in diesem Alter braucht man auch nicht zu verhandeln. Und ich musste seinen Vater daran erinnern, dass gewisse Parallelen zu seinem Leben vor genau zwanzig Jahren nicht zu leugnen waren. Das hatte ich aus Erzählungen gehört. Auch er hatte nur rebelliert, kämpfte damals um seine langen Haare und gegen seine Eltern.

Im September 2001 bezog Benni seine erste eigene kleine Wohnung in Hannover. Andy durfte helfen. Am 11. September räumten Vater und Sohn die Wohnung ein. Viel war es nicht, was braucht man schon, wenn man jung und verliebt ist? Nebenbei lief ein kleiner tragbarer Fernseher und was sie dort am Nachmittag dieses Dienstags hörten und sahen, glaubten sie kaum. Flugzeuge sollten in das World Trade Center in New York gestürzt sein. Die Welt schien unterzugehen. Wird es Krieg geben? Andy war völlig zerrissen, er musste nachhause, der Urlaub war zu Ende. Er wollte lieber bei seinem Sohn bleiben, wer weiß, was die nächsten Stunden und Tage bringen würden. Schweren Herzens packte er sein Werkzeug ins Auto und fuhr mit Benni aus der kalten leeren Wohnung zurück zu dessen Freundin und ihrer Familie. Keiner hielt es an diesem Tag allein aus.

Nach ungefähr zwei Stunden stand Andy bei unseren Freunden vor der Tür. Ich hatte ihm gesagt, dass er auch mich dort findet. Tobias, ihr Sohn, befand sich genau an diesem Tag in New York zu einer Stadtrundfahrt. Er hatte sein Austauschjahr an diesem 11. September begonnen. Wir saßen zusammen und bangten um sein Leben. Als Andy »einflog«, hatten wir wenigstens schon herausbekommen, dass Tobias nichts passiert war. Er hatte lediglich einen Schock erlitten und den Staub der einstürzenden Türme eingeatmet. Ich hatte den Dolmetscher gespielt. Trotz der wenigen Brocken Englisch, die ich vor nunmehr fast 30 Jahren im freiwilligen Unterricht gelernt hatte, gelang es uns, die Reiseleitung in New York und die zukünftigen Gasteltern zu sprechen. Ich wunderte mich selbst, was man alles in tiefsten »Ich-weiß-nicht-wo-Regionen« an Wissen gespeichert hat und bei Gefahr abrufen kann. Ich sprach plötzlich fast fließend Englisch und die Amis verstanden mich sogar. Und ich sie. Tobias war wohlauf. Wir lagen uns weinend in den Armen.

Jule hatte aus irgendwelchen Chatrooms Infos geholt, bevor dann später das ganze Netz zusammenbrach. Was für ein Horrortag! Und warum?

Benni in Hannover

Die Monate und Jahre nach Bennis Wegzug verliefen ruhig und harmonisch. Ich zog zu Andy, was sollte er allein in seinem großen Haus. Bennis großer Bruder Patrick lebte schon lange in Karlsruhe, seine Mutter wohnte mit ihrem Lebensgefährten in Berlin und ich war sowieso jedes Wochenende da. Vorher fragte ich Benni und natürlich Jule, ob das für sie in Ordnung wäre. Sie verstanden die Frage nicht. Natürlich!

Wir luden die Familie von Bennis Freundin zu uns ein und zeigten ihnen seine alte Heimat. Wir verstanden uns gut. Trotz unserer unterschiedlichen Lebenswege hatten wir das angenehme Gefühl: Wir sprechen die gleiche Sprache. Wir fuhren auch gern zu ihnen und unternahmen gemeinsam etwas in Hannover und Umgebung.

Wie gern es Benjamin hatte, wenn sich alle verstanden, wusste ich. Die Trennung seiner Eltern hatte ihm sicher zu schaffen gemacht, jedes Kind leidet darunter, egal wie alt es ist. Umso wertvoller, wenn sich die Eltern trotzdem vertragen. Ich wusste das gut, Jule war glücklich, ihre Eltern als zuverlässige Kameraden in allen Lebenslagen zu wissen. Darum schlug ich vor, einen gemeinsamen Fondueabend mit Mutter, Vater, Kind und jeweiligen Partnern zu veranstalten. Es war das erste Mal, dass wir alle zusammen an einem Tisch saßen. Wir zogen alle Register, es sollte ein schöner Abend werden. Und so war es dann auch. Selten hatte ich in den letzten Jahren Benni so entspannt erlebt. Wir erzählten von Gott und der Welt, unsere Gäste hatten Rosen für die Hausfrau mitgebracht. Perfekt. Nur meine Jule wollte mal wieder nicht oder konnte nicht, ich weiß es nicht mehr. Ich weiß aber, dass sie mir fehlte. Der Abend war viel leichter und lockerer, als wir gedacht hätten.

Der Lebensgefährte von Bennis Mutter, ein Arzt, untersuchte nebenbei Bennis vom Fußball durchgescheuerte Füße. Auch meine »krumme Wirbelsäule« wurde fachmännisch begutachtet und kommentiert. Die anderen kamen ungeschoren davon. Sie hatten ihren Spaß. Ich war zufrieden mit uns.

Wieder einmal besuchten uns Benjamin und seine Freundin. Es war Weihnachten. Wir holten sie am Ostbahnhof vom Zug ab und zogen gleich gemeinsam los in die Stadt. Die Straße »Unter den Linden« war ein einziges Lichtermeer. Tausende Lämpchen an den Lindenbäumen strahlten mit den Sternen am Himmel um die Wette. Und mit Andy, der seinen Benjamin für ein paar Tage bei sich hatte. Wir beobachten, wie die Bars für die bevorstehende weltberühmte Silvesterparty am Brandenburger Tor aus dicken Eisblöcken herausgeschnitten wurden. Wahre Kunstwerke entstanden. Wenn nun kein Tauwetter eintreten würde, war der Jahreswechsel an der eiskalten Bar für tausende Besucher gesichert. Mir reichten die Vorbereitungen, ich stand nicht so auf solche Partys. Aber die jungen Leute überlegten schon, ob sie am Silvesterabend wiederkommen sollten. Hannover–Berlin, keine Entfernung plötzlich. Wir schlenderten über den Potsdamer Platz, gingen ins Drei-D-Kino und auch die Zuckerwatte schmeckte. Irgendwann fuhren wir dann nachhause und hatten uns im gemütlichen Wohnzimmer unter unserem kleinen Tannenbaum noch viel zu erzählen. Benni fragte nach seinen alten Freunden. »Was machen Stephan, Thomas und Tobi, die damalige Balaton-Crew? Und die Fußballkumpels?« Nach den Mädchen, die ihm in seiner Zeit hier etwas bedeuteten, fragte er in Gegenwart seiner Freundin lieber nicht. »Feigling«, dachte ich. Sicher hätte sie gar nichts dagegengehabt. So berichteten wir, was wir wussten, Benni wollte alles ganz genau wissen. »Man könnte ja auch mal selbst anrufen bei den Jungs und Mädels«, dachte ich schon wieder kampfeslustig. Aber vielleicht tat er das ja auch, ich konnte es eigentlich nicht wissen. Und ich wollte die schöne Harmonie nicht stören.

Norwegen

Juli/August 2004

Hallo Andy, schön, dass du da bist«, tönte es aus der letzten Ecke des kleinen Angelladens in der Ferienanlage »Nordska« im Südwesten Norwegens. Eilig sprang unser Ferienhausvermieter Norbert hinter seinem Verkaufstresen hervor und lief auf Andy zu. Zwischen unzähligen Angelhaken, Ködern, Angeln und diversem Zubehör – eben allem, was das Anglerherz höherschlagen lässt, begrüßten sich die beiden herzlich. »Wie war eure Fahrt, wo sind Frauke und dein Sohn? Habt ihr schon euer Haus bezogen? Wir sehen uns nachher«, versprach er und entschwand. Norbert hatte zu tun, denn seine Gäste wollten ganz genau wissen, wer wann wo am besten biss (Fische natürlich). Die meisten waren Angler mit Leib und Seele und erwarteten vom Chef, dass er wusste, wo die großen Fänge zu machen sind. Schließlich wollte jeder mit reicher Beute und tollen Fotos nachhause kommen.

Ein Jahr zuvor hatten wir Norbert, seine Frau Katrin und ihre vier Kinder kennen gelernt. Wir verstanden uns auf Anhieb mit der deutschen Aussteigerfamilie. Durch Zufall buchten wir 2003 bei ihnen unser Quartier, die Bilder im Katalog waren überzeugend. Direkt am Fjord, die Häuser landestypisch und gemütlich. Da konnte man nichts falsch machen.

Wir hatten mit meinen Eltern diese weite Reise gewagt, der

größte Wunsch meines Vaters war es, kurz vor dem 80. Geburtstag in Norwegen zu angeln. Er litt ziemlich unter Asthma und was weiß ich noch allem und war gar nicht mehr gut zu Fuß. Ziemlich gewagt, vielleicht sogar leichtsinnig, solch eine Tour zu unternehmen. Aber er wünschte es sich so sehr. Wir wollten ihm diesen Wunsch erfüllen, irgendwie würden wir das schon hinkriegen. Und er hatte uns mit seiner Schwärmerei schon richtig angesteckt. Also wollten wir auch nach Norwegen, an den Fjord. Unbedingt!

Wir bereuten es nicht. Zwar mussten wir schon bei der Hintour vor Abfahrt der Fähre das gesamte sorgfältig bis auf den letzten Millimeter voll gestopfte Auto auspacken. Und warum? Genau die Pillen, die sofort ganz dringend gebraucht wurden, steckten natürlich – na, wo steckten sie wohl? »Im untersten Koffer ganz hinten, glaube ich«, meinte meine Mutti kleinlaut. Na toll! Wer war das? Mutti, wer sonst?! Das hätte ich mir mal erlauben sollen. Aber mein Andy ließ sich nichts anmerken und ging tapfer ans Werk. Er, der aus dieser »Auto-für-den-Urlaub-Packkunst« von Natur aus schon eine hohe Wissenschaft macht. Sind eigentlich alle Männer so? Egal, die Pillen mussten her. Und wir hatten viel Zeit zum wieder Einpacken, waren aus Angst, die Fähre zu verpassen, viel zu früh da. Sicherheitshalber verzog ich mich doch zu meinen Eltern und ließ Andy machen.

Du schaffst das schon! Ich glaubte ehrlich gesagt nicht, dass dieser Riesenberg an Klamotten jemals wieder in den Honda passt. Mein ein Meter vierundachtzig großer Papa, die kleine Mutti und der etwas unerzogene Dackel mussten auch noch mit. Ich könnte ja zur Not nachreisen.

Aber »Zelt-und-Pack-Meister« Andy schaffte es – irgendwie. Na bitte!

Viele Angeltricks konnte mein Vater uns noch verraten. Und er war trotz aller Strapazen selig, dass wir ihm diese Reise ermöglichten.

In uns war von dieser Zeit an die Liebe zu Norwegen, der Natur und den Menschen dort geweckt.

Kaum zuhause, hatten wir so viel geschwärmt, dass auch Benni unbedingt mit uns nach Norwegen wollte. Seine Freundin und ihr jüngster Bruder sollten natürlich mit. Wir buchten also noch einmal dasselbe, diesmal direkt über Norbert und Katrin, die uns mit offenen Armen empfangen würden. Sie hatten uns und meine Eltern ins Herz geschlossen und fragten gleich, ob wir die beiden nicht auch wieder mitbringen könnten. Daran war nicht mehr zu denken. Meinem Vater ging es leider nicht so gut. Aber wir hatten die Jugend im Gepäck.

Nach der langen Fahrt, insgesamt waren wir über 30 Stunden zu fünft in den Honda gequetscht unterwegs, erreichten wir glücklich unser Ziel – Norwegen. Das Land empfing uns mit Sonnenschein, frischer klarer Luft und seiner unglaublichen Natur.

Wir erhielten von Norbert dasselbe Haus wie im Vorjahr. Ein Schritt aus der Tür und wir standen auf dem Steg über dem Wasser. Unter uns der felsige Boden, bunte Fische und viele Seesterne. An den Holzpflöcken lagerten die Miesmuscheln, die später erbarmungslos in unserem Kochtopf landen würden. Noch ahnten sie nichts von ihrem Schicksal. Und über uns Schwärme von Möwen, die stets auf die Abfälle der Angler lauerten. Die Angler fuhren ein Stück auf den Fjord hinaus, um die Möwen damit fern der Unterkunft zu füttern. Andy tat es dann genauso, leider hatte ihn niemand darüber aufgeklärt, dass die Möwen vor großer Freude über die leicht erbeutete Mahlzeit ihren Schließmuskel nicht unter Kontrolle haben. So schnell konnte keiner Gas geben, erst recht nicht mit dem »Nostalgie-Kutter«, um diesem Segen von oben zu entrinnen. Wir fanden es sehr lustig, Andy weniger.

Wir hatten nicht zu viel versprochen, die jungen Leute waren begeistert. Wir gingen an die Arbeit, das Gepäck musste per

Hand zur Unterkunft geschleppt werden. Unser alter Honda hätte es zwar geschafft, den steilen Berg zu unserem Häuschen am Fjord herunterzufahren. Aber ganz sicher nicht wieder – ohne Schaden zu nehmen – den Berg hinauf. Das wussten wir noch vom vorigen Jahr und wir wollten dem treuen Auto, das uns so brav schon zum zweiten Mal die über 2000 km gefahren hatte, diese Strapaze nicht zumuten. Voller Tatendrang liefen die jungen Leute ein paar Mal den Berg rauf und runter, ratzfatz stand sämtliches Gepäck, einschließlich diverser Angeln, Angelkisten, Regenkleidung, Versorgungskisten und Sitzkissen, vor dem Haus. Wir hatten Mühe, alles zu verstauen. Denn jetzt musste erst mal sofort und unverzüglich die erste Angel in den Fjord gehalten werden. Frische Makrelen als Köder gab es bei Norbert. »Fische, ihr könnt kommen.« Wir setzten uns müde und glücklich vor »unser« Haus, das für die nächsten zwei Wochen unser Zuhause sein sollte. Ob wir heute noch unser Boot bekommen könnten?

»Andy, ich habe ein ganz besonderes Boot für euch, ihr werdet staunen«, strahlte Norbert. Das taten wir dann tatsächlich. Das Boot tuckerte wie ein Traktor, sah aus wie ein alter Kutter aus dem Museum. Aber es war mit einer kleinen Kajüte, Navigationssystem und … seinem eigenen Kopf ausgestattet. Und es hatte etwas: Romantik, Nostalgie pur. Sparsam sollte es laut Norbert auch sein. Das kam uns entgegen, Benzin ist teuer in Norwegen und der Weg zu den legendären Fischgründen ist weit. Wir waren zufrieden und für die zweite Woche versprach uns Norbert ein Hightech-Boot der neuesten Generation. Andy und Norbert fingen gleich an zu schrauben, die Jungs waren auch dabei und so konnten wir bald darauf zu unserer ersten kleinen Tour starten.

Wir kannten uns ja aus und so tuckerten wir auf dem heute spiegelglatten Wasser den Fjord entlang.

Wir begrüßten jede einzelne Insel, von denen unzählige aus

dem Wasser ragen. Manche sind mit Bäumen bewachsen. Auf vielen grasen friedlich Schafe und Ziegen, die den gesamten Sommer dort verbringen und im Herbst von ihrem Besitzer mit dem Boot wieder abgeholt werden. Die Wasserfälle prasselten die steilen Berge hinab in den Fjord. Faszinierend fand ich, dass diese steilen Klippen unter dem Wasser genauso weitergehen. Wir konnten das immer an diesem komischen Gerät sehen, das uns angeblich die Fischschwärme zeigen sollte. Meist waren es dann leider nur dicke Quallen, wie sich nach der ersten Euphorie herausstellte. Von wegen Fischschwärme!

Wenige Stunden und der Zauber Norwegens, die Ruhe und der Frieden dieses Landes hatten uns wieder in ihren Bann gezogen. Die Tage waren unendlich lang, die Nächte kurz. Die Handys hatten wir ausgeschaltet, wir waren frei und ohne Sorgen.

Wir machten, was uns gefiel, jeden Tag wurde zum Angeln gerüstet, wir hatten ja so viel Zeit. Der Fang wurde unverzüglich geputzt und am liebsten gleich frisch in die Pfanne befördert. Benni und seine Freundin überraschten uns immer wieder mit ihren Kochkünsten, sie waren ein eingespieltes Team. Der Bruder und ich durften abtrocknen, immerhin, auch sehr wichtig. Was machte Andy eigentlich in dieser Zeit? Er beschäftigte sich wohl mit der Angelausrüstung, knotete Haken an, filetierte die Makrelen oder gab kluge Ratschläge. Natürlich sollten die daheim Gebliebenen auch etwas Freude haben und wir froren reichlich Fisch zum Mitnehmen ein. Alle packte der Ehrgeiz, wir wollten so viel wie möglich mitbringen.

Das Jagd- und Angelfieber unserer Vorfahren, es musste schließlich für schlechte Zeiten vorgesorgt werden, brach mit Macht durch.

Wir erkundeten Stück für Stück das »Rogaland«.

Auch rund um unser Haus gab es viel zu entdecken, saftige

Wiesen und unbezwingbare Berge. Wir kletterten hinauf. Ob wir die berühmten Elche sehen würden? Etwas mulmig wurde einem schon manchmal inmitten dieser unglaublichen Einsamkeit. Es gab unzählige kleine Dörfer mit alten Bauernhöfen, die zu besichtigen waren. Die Friedhöfe rund um die meist weiß getünchten schlichten Kirchen, auf denen die Seemänner und ihre Familien begraben wurden, zogen uns magisch an. Wir studierten die Namen auf den Grabsteinen und dachten uns Geschichten zu den einzelnen Schicksalen aus. Orte des Friedens und der Ruhe.

Auch ein großes Volksfest in Stavanger mit herrlichen kulinarischen Verlockungen stand auf dem Programm. Dazu mussten wir wieder einmal eine Fähre nutzen, was uns gut gefiel. Die ganze Stadt war in eine Schlemmermeile verwandelt. Wir konnten alles verkosten, zahlreiche Spezialitäten wurden angeboten und von den tausenden Gästen dankbar angenommen. Wir machten einen Sport daraus, wer es am häufigsten schaffte, die Mini-Pröbchen zu ergattern. Frauke mit Sonnenbrille, dann ohne, mit Jacke, nur im Top, als englische Touristin, als Norwegerin: Es war ein Heidenspaß und wir amüsierten uns köstlich. Ich glaub, der Jüngste hat gewonnen, denn der war am frechsten und am hungrigsten. Unsere Rucksäcke waren kaum zu schleppen, so viele Pröbchen hatten wir abgesahnt. Die Verpflegung für die nächsten Tage war gesichert, wenn dann noch der schon fest eingeplante reiche Fischfang käme …

Benni war während der gesamten Zeit sehr ausgeglichen und zuvorkommend zu mir. »Frauke, willst du hier sitzen, möchtest du lieber diese Angel, soll ich dir was holen, wollen wir dieses oder jenes?« Anfangs war ich doch erstaunt darüber – »Was hat er nur? Habe ich nicht mehr lange zu leben oder was? Wissen die vielleicht mehr als ich?«, dachte ich bei mir, egal, ich nahm es so hin, freute mich und genoss es einfach.

Eines Tages, nach einem ausgedehnten Frühstück beschlossen wir, uns auf den Weg zum 100 km entfernten 800 Meter hohen »Preikestolen« in der Region Ryfylke zu machen. Er musste bestiegen werden, das gehörte dazu, wenn man hier Urlaub macht. Drei bis vier Stunden waren einzuplanen, es war eine echte Herausforderung. Obwohl ich es eigentlich zu heiß und von der Tageszeit schon viel zu spät fand, machte ich mit. Ich hoffte, dass wir vor Sonnenuntergang die Rücktour schaffen würden.

Die Jugend blieb anfangs anstandshalber bei uns, doch dann dauerte es ihnen wohl doch zu lange. Sie bezwangen die schmalen Wege, die sich den steilen Felsen hinaufschlängelten, in enormem Tempo. Wir zwei gingen die Sache ruhiger an. Nach drei Viertel der Strecke erwarteten sie uns an einem glitzernden, klaren Bergsee, der den müden Wanderer zur Pause einlud. Die Aussicht war atemberaubend. Die Boote und Schiffe auf dem Lyse-Fjord, der ca 600 m unter uns lag, sahen aus wie winziges Spielzeug. Die Sonne brannte und wir wussten: Jetzt kommt der schwierigste Teil.

Ein Mann kam uns entgegen, er lief etwas ungeschickt aber strahlte uns an. Bei genauem Hinsehen erkannten wir, dass er eine Beinprothese trug. Wie war das möglich? Norbert erzählte uns später, dass er diesen Menschen auch schon dort oben getroffen hatte, der machte das wohl nicht zum ersten Mal. Wahnsinn, was der Mensch mit Willenskraft und Training schaffen kann.

Als wir das letzte Stück, an gefährlichen Schluchten vorbei, auf ungesicherten Pfaden kletternd geschafft hatten, wussten wir, warum dieser Mann so gestrahlt hatte. Ein unbeschreibliches Gefühl von Freiheit und Glück erfasste einen, wenn man der Sonne und dem Himmel so nah war. Die Plattform auf dem Preikistolen – man nannte sie auch »Die Kanzel« – war ungesichert, wer zu nah an den Rand kam, konnte abrutschen. Norbert berichtete uns, dass hier viele Menschen den Freitod wählen. Ein würdiger Ort zum Sterben, das muss man wohl sagen. Aber warum ans Sterben denken, es gibt keinen Grund dafür. Und wenn man schon aus eigener Kraft so weit gekommen ist, schafft man ganz bestimmt auch alle von hier oben aus so winzig anmutenden weltlichen Probleme. Uns war mulmig, als wir die vielen jungen Leute sahen, die die Beine herunterbaumeln ließen auf diesem Felsen in 800 m Höhe über dem Nichts.

Benjamin und sein Vater machten sich gemeinsam auf den Weg, auch den letzten Felsen, der noch höher lag, zu erklimmen. Stolz winkten sie uns aus der Ferne zu. Sie waren ganz allein dort oben und dem Himmel sehr nah. Sie genossen diese seltene Zweisamkeit und kamen still und voller Gedanken zu uns zurück.

Spät abends hatten wir unser Haus wieder erreicht, und die Sonne war immer noch nicht untergegangen. Zeit spielte hier im Land der Mittsommernacht keine Rolle. Kurz vor Mitternacht aßen wir Abendbrot und es störte niemanden. Wir waren ganz frei.

Als es ans Abschiednehmen ging, druckste Benni herum.

»Ob wir noch mal hierherkommen könnten zu Norbert und Katrin?«

Wir hatten eine Superidee, das würden wir den beiden gleich noch vorschlagen. Wie wäre es, wenn Andy und Benni im nächsten Jahr kommen und ein wenig helfen beim Bauen und Bootepflegen, dafür freie Unterkunft erhalten. Benni würde auch länger bleiben können. Wenn er erst einmal das Abitur in der Tasche hätte (gleich nach dem Urlaub sollte es damit losgehen), wären lange Ferien bis zum geplanten Studienbeginn gesichert. Dass hier jede Hand gebraucht würde, hatten wir mitbekommen und so hätte jeder was davon.

Norbert meinte, darüber könnte man reden und der Abschied fiel uns nicht ganz so schwer. Wir würden wiederkommen, das stand fest! Vielleicht würden auch Benjamins Bruder Patrick und meine Jule diesmal mit »im Boot« sitzen können.

Wir machten uns auf die Heimfahrt, die jungen Leute setzten wir in Hannover mit ihrem tiefgefrorenen Fang ab.

Als wir nach – ich weiß nicht wie vielen Stunden im Auto – völlig erschöpft endlich zuhause ankamen, schrieb Benni uns eine SMS:

»Danke für den schönen Urlaub, hat Frauke ihre Prüfung geschafft?« Er wusste, dass bei mir Klausuren bevorstanden. Alibimäßig hatte ich mein Lehrbuch über Verwaltungsorganisation und Management immer am Mann, lernen konnte ich bei den vielen Urlaubseindrücken wenig. Ich verschob es mal wieder auf später.

Wir waren gerührt, denn so hatten wir Benni schon lange nicht mehr erlebt. Er war so ausgeglichen und irgendwie erwachsen geworden. »Eine schöne Zeit liegt jetzt vor uns«, dachten wir voller Vorfreude.

Auf dem Rückweg

Papa Egon demonstriert den fachgerechten Umgang mit der Beute

Unser Haus am Fjord

Unser Fjord

Der »romantische« Kutter

Vater und Sohn, dem Himmel ganz nah

Der Anruf

31. 08. 2004

Es wurde Abend und wir richteten uns auf einen gemütlichen Fernsehabend ein.

Jule war da, endlich einmal wieder, denn sie studierte 800 km entfernt von uns, wir hatten uns lange nicht gesehen und natürlich viel zu erzählen. Andy überraschte uns nach einem langen Sprechtag im Büro – ich arbeitete mittlerweile im Rathaus der Gemeinde – mit einem leckeren chinesischen Menü. Das tat er manchmal und ich und meine Waage dankten es ihm weit ausladend.

Wir berichteten Jule bei Kerzenschein und einem Glas Rotwein von unserem wunderbaren Norwegenurlaub, der gerade drei Wochen vorüber war. Wir sahen gemeinsam die vielen schönen Fotos an und konnten nicht genug schwärmen. Von der Landschaft, den Leuten und unseren Erlebnissen. Gegen 20.30 Uhr klingelte das Handy. Andy ging ran. Wer stört denn da noch? Am anderen Ende hörte Andy Benjamins Freundin schluchzen:

»Benni liegt auf der Intensivstation der ›Medizinischen Hochschule Hannover‹ (MHH), er hat wahrscheinlich Leukämie. Ich melde mich wieder, wenn ich mehr weiß.«

Aufgelegt.

Stille, Schock!

Nein das konnte nicht unser Benni sein, vor drei Wochen war er noch den Preikestolen »hochgerannt«. Dass wir, die »Alten«, eine halbe Stunde später auf dem 800 Meter hohen Berg ankamen, quittierte er mit einem verständnisvollen Lächeln.

Sicher eine Fischvergiftung, man hört manchmal die tollsten

Geschichten von Würmern in Fischen oder dergleichen. Den von mir im herrlichen »Ardal-Fjord« geangelten Fisch namens »Lumb« mochte Benni von Anfang an nicht. Ach, er war ja nur eifersüchtig auf dieses von mir erbeutete Riesenexemplar! Sicher hatte er den gegessen, genug tiefgefrorenen Fisch hatten wir ja mitgebracht, und sich vor Ärger den Magen verdorben. Das kriegt man wieder hin.

»Nie wieder Fisch, er ist schuld« – das waren meine ersten Gedanken. Mir war schlecht.

Wir starrten wie gebannt auf das Telefon, nichts …

Die Stunden verliefen wie zäher Schleim.

Es herrschte Stille, uns fehlten einfach die Worte.

Es war nicht der Fisch. Gegen 23.30 Uhr der nächste Anruf.

»Die Ärzte kämpfen um Benni, es sieht sehr schlecht aus«, hörten wir Benjamins Freundin mit den Tränen kämpfend am Telefon. Nur noch ein Gedanke beherrschte uns: »Wir müssen nach Hannover, wir müssen zu Benni, sofort. In zwei bis drei Stunden kann man da sein.« Ich raffte schnell das Nötigste zusammen, was braucht man schon? Alles so unwichtig auf einmal!! Mitten in der Nacht machten wir uns auf den Weg. Ich fuhr, Andy war nicht dazu in der Lage. Wie und wo entlang wir fuhren, ist aus meinem Gedächtnis ausradiert. Uns beherrschte nur die Angst, es nicht zu schaffen. Ich gab Gas und wir flogen die leere, finstere Autobahn entlang. Wir sprachen kaum ein Wort.

Während dieser Horrorfahrt schlich sich ständig ein Bild in meinen Kopf: Wir gehen hinter einem weißen Sarg hinterher, unzählige Menschen mit uns. Überall blau-weiß, Hertha Fans, hunderte junge Menschen. Der Friedhof in unserem kleinen Heimatort ist voll, ein Trauerzug bewegt sich durch den Ort, die Glocken läuten. Es ist so schrecklich. Weg mit diesem Bild, weg! Solche Gedanken waren verboten, weg, weg. Es wollte mir nicht gelingen – ein Albtraum, ich trat auf das Gaspedal, wir mussten es schaffen!

Nach unendlich langen zweieinhalb Stunden kamen wir auf dem Gelände der MHH an. Wir rauchten unterwegs schon eine Schachtel Zigaretten auf, auch ein trockenes Brötchen würgten wir irgendwie hinunter. Vor 7.00 Uhr sollten wir nicht auf der Station stören. Gegen 6.30 Uhr hielten wir es nicht mehr aus. Wir sahen uns voller Verzweiflung an und machten uns auf den Weg über den gespenstischen, ausgestorben wirkenden Parkplatz. Benjamins Freundin sagte uns, dass er auf der Station 42 liege, der Station für Leukämiekranke. Sie und ihre Eltern waren während der ganzen Nacht auf Station bei ihm geblieben. Jetzt mussten sie los.

Was war geschehen? Was hatte Benni hier zu suchen?

In den letzten Tagen hatte er sich immer schlapper, müde und kraftlos gefühlt.

Als er sich am Wochenende untersuchen lassen wollte, wurde er abgewiesen. Er solle später wiederkommen. Na gut, dann eben nicht. Vielleicht litt er unter Blutarmut oder war einfach überarbeitet, lautete die Diagnose der Familie. Entsprechende Hausmittelchen wurden besorgt. Das wird schon wieder. Schließlich strotzte er vor Kraft und Energie, lebte gesund und war durchtrainiert.

An diesem Dienstag ging nichts mehr. Er konnte sich kaum noch auf den Beinen halten, ging morgens freiwillig zur Blutuntersuchung. Stunden später wurde er aufgrund der alarmierenden Werte direkt von seinem Nebenjob – er hatte auch gerade wieder mit der Schule begonnen, wollte jetzt das Abi machen, ganz wie es die nette Frau vom Arbeitsamt damals vorausgesagt hatte – abgeholt und in die MHH gefahren. Das war typisch Benni, bloß keine Schwäche zeigen und auch noch in diesem Zustand zur Arbeit schleppen. In der MHH geriet er zum Glück gleich an die richtigen Leute, Spezialisten für Leukämie, die sofort alles Notwendige einleiteten.

Wir liefen über den riesigen Parkplatz, betraten durch die Drehtür den Eingangsbereich der Medizinischen Hochschule. Wir mussten uns durchfragen, einen unendlich langen Gang entlang, dann rein in den Fahrstuhl. Es war alles so gespenstisch. Die Klinik schlief noch. Einzelne Schwestern und Ärzte kamen zur Frühschicht, die Angestellten der kleinen Cafés, die den langen Flur säumten, bereiteten langsam das Frühstück für die ersten Gäste vor.

Der Fahrstuhl hielt an, wir stiegen wie in Trance aus.

Ja, die Station war richtig. Die Stimme im Fahrstuhl sagte es monoton an: »Station 42«.

Zwischen abgestellten Betten, riesigen Wäschebergen und anderen Krankenhausutensilien stand ein kleiner Tisch mit sechs Plastestühlen drum herum. Hier konnte man warten.

Wir wollten alles, nur nicht warten. Wir nahmen all unseren Mut zusammen und klingelten. Eine freundliche Schwester, ihr Gesicht vergesse ich nie, ließ uns gleich zu Benni. Er war ganz blass, aber er lebte. Gott sei Dank!

Den ganzen Tag folgten Untersuchungen, Gespräche mit Ärzten und Professoren. Das Team der Station spielte von Anfang an mit offenen Karten. Dies sei ihre Philosophie und einfach für alle das Beste, erklärten sie uns gleich am ersten Tag. So blieb es während der ganzen Zeit.

Aber eigentlich konnten sie zu diesem Zeitpunkt wenig sagen, zu viele spezifische Untersuchungen mussten durchgeführt, die Ergebnisse über Tage abgewartet werden. Also glaubten wir ihnen kein Wort. Zumindest keines, was uns nicht gefiel. Wir konnten und wollten es einfach nicht fassen.

Benni ließ alles tapfer über sich ergehen. Nur einmal, kurz

vor der äußerst unangenehmen und oft sehr schmerzhaften Rückenmarkpunktion, fragte Benni leise den Professor: »Werde ich sehr leiden müssen?« Nur ich hatte ihn gehört, ich stand dicht neben ihm am Bett. Dieser Satz brannte sich in mein Gehirn. Jedes Mal in dieser bewegenden Zeit mit ihren unzähligen Höhen und Tiefen bekam er eine andere Bedeutung. Wie mochte er es gemeint haben? Ahnte oder wusste Benni mehr, als er je zugab?

Wir standen so hilflos an seinem Bett, wie gern hätten wir ihm alles abgenommen.

Kurzfristig war auch zuhause alles zu regeln. Wir waren nicht an unserem Arbeitsplatz erschienen. Als wir ihn am Tag zuvor verlassen hatten, war alles in bester Ordnung. Jule, die zurück zum Studium nach Kehl musste, half uns dabei. Sie stand selbst unter Schock. Aber dafür war jetzt keine Zeit. Unsere Arbeitgeber reagierten voller Betroffenheit und Verständnis. Wenigstens hier brauchten wir uns keine Sorgen zu machen. Unsere Familien, Freunde, Bekannten und Kollegen erfuhren von der Katastrophe, es sprach sich wohl wie ein Lauffeuer herum. Alle hielten den Atem an, das konnte nur ein Irrtum sein.

Ich musste irgendwann zurück, Andy blieb bei seinem Jungen.

Harte Tage standen uns allen bevor, bis die genaue Diagnose vorlag: »ALL – akute lymphatische Leukämie« in ihrer schwersten und aggressivsten Form.

Benjamin wurde sehr schnell in die höchste Risikogruppe eingestuft. Auch die weltweite Suche nach einem Spender wurde sofort eingeleitet. Schon am zweiten Tag erhielt Benni Kortison, mit all seinen Nebenwirkungen. Und noch schärfer natürlich die Chemotherapie. Er war an viele Schläuche angeschlossen und musste den Ständer mit den Infusionen sogar mit aufs Klo schleppen. Ein Katheder wurde ihm direkt in den Hals einoperiert. Als dies mit einigen Komplikationen gelungen war, rief unser Benni schon wieder nach Pizza und Cola. Er wollte es nicht zugeben, aber ich spürte, das alles nahm ihn doch sehr mit.

Wir hatten große Angst um Benni, jeder machte das mit sich ganz allein aus. Keiner wollte den anderen beunruhigen.

Die ersten drei Wochen wich Andy keinen Tag von Benjamins Seite. Irgendwann aber wurde dem das zu viel.

Er drängelte seinen Vater, wieder nachhause zu fahren und arbeiten zu gehen. Dieser wollte es nicht hören und so begriff er erst nach einer fehlgeleiteten SMS, dass Benni es ernst damit meinte. Benni hatte einen »Hilferuf« an seine Freundin schicken wollen: »Wie bringe ich es Vaddern schonend bei, dass es langsam genug ist mit seiner Fürsorge? Es geht mir doch schon wieder ganz gut. Er soll nachhause fahren und nicht noch seinen Job riskieren.« Die SMS landete aus Versehen bei Andy. Gut so. Er schluckte, aber begriff. Benni wollte auch mal seine Ruhe. Er war erwachsen.

An diesem Abend versprachen wir uns, keine Energien mit Drum herumreden und Rumeiern zu verschwenden. Jeder sollte alles sagen, wie er es wirklich meinte. Das würde die Sache klarer und einfacher machen. Die Zeit war einfach zu kostbar, die Kraft sollten wir für Wichtigeres nutzen.

Andy verbrachte während der nächsten Wochen und Monate unzählige Stunden im Krankenzimmer, das Benjamin jeweils mit einem zweiten Patienten teilte. Es wurde emsig gespielt, die zahlreich herangeschafften Fachzeitschriften intensiv studiert und ausgewertet. Da Benni es noch nicht geschafft hatte, den Führerschein zu machen, bot sich nun die Gelegenheit, für die Zeit danach die Paragrafen und Fragen zu pauken. Unsere Freunde, der Mann war Fahrlehrer, liehen uns sofort die Fragebögen zum Üben, aber auch zum Ablenken und Zeitvertreiben. Am schönsten war es natürlich, wenn wir, die alten Hasen, die schon seit über 20 Jahren den Führerschein haben, bei der Beantwortung passen mussten. Und das kam nicht selten vor.

Auch ein Laptop wurde besorgt, Oddset getippt und vor allem Fußball geschaut.

Das waren die absoluten Höhepunkte im Krankenhausalltag. Den kleinen Fernseher hatten wir schnell gekauft, er war der einzige Draht zur Außenwelt, außer den Besuchern natürlich.

Die Zimmer in der MHH waren voll klimatisiert. Die Fenster ließen sich nicht öffnen, alles musste vollkommen keimfrei sein. Auch die Besucher mussten sehr aufpassen. Kein Schnupfen, Husten, Bauchkrampf oder ähnliche Wehwehchen durfte vorliegen, dann konnte man nicht hinein, man musste sich regelmäßig gründlich desinfizieren. Das war ganz klar, denn Bennis Abwehrkräfte waren dicht bei »nicht vorhanden«. Mehrmals während eines Besuches fegte die Putzfee mit ihrem kompletten Desinfektionsprogramm durch das Zimmer. Alles wurde penibel abgewischt. Mann, wie nervte das Benni. Die einzelnen Schwestern der Station kannte auch Andy nach kurzer Zeit gut. Sie kümmerten sich rührend um Benni und lachten und scherzten viel gemeinsam. Das war die beste Therapie. Und sie litten mit ihm, wenn es mal wieder abwärts ging. Schwester Heidrun, sie war es, die uns damals die Tür öffnete, Daniela, kaum ein Jahr älter als Benni, und die kleine Schwester Alma (sie betrachtete ihn wie ihren eigenen kleinen Bruder) waren ihm besonders nah. Natürlich mochten ihn alle, auch wenn er manchmal bestimmt unausstehlich war. Das durfte er, denn es gehört zu diesem Krankheitsbild einfach dazu. Er hatte schließlich permanent eine Sterbensangst im Nacken.

Und er hatte Monate in der Klinik vor sich. Am schlimmsten aber waren die Schmerzen, alles tat weh. Oft waren alle Schleimhäute so kaputt, dass es blutete. Im Mund, in der Nase, überall. Niemand verstand seinen und auch unseren Zustand so gut wie das Personal auf der Station. Sie taten wirklich alles, was in ihrer Macht stand, um Benni zu helfen.

Er aber sehnte sich danach, die warme Herbstsonne zu spüren, direkt auf der Haut. Und den Wind um die Ohren.

Es begann eine Zeit des Lernens und Hoffens. Andy, Bennis Mutter und seine Freundin wurden zu wahren Spezialisten für Leukämie, Therapien und deren Nebenwirkungen. Auch ich wollte alles wissen und besorgte mir im Internet und bei der Deutschen Krebshilfe alle Informationen, die ich kriegen konnte.

Ich saß mit Adele zuhause und konnte nichts tun, außer die blauen Hefte der Krebshilfe studieren, Andy den Rücken freihalten, ihn trösten und irgendwie meine Arbeit erledigen. Und fast jedes Wochenende nach Hannover fahren. Auch Oma und Opa und natürlich Bennis Mutter fuhren regelmäßig jeweils wöchentlich zu Benni, so bildete sich bald eine feste Struktur, auf die er sich verlassen konnte. Er bekam, wie ich hörte, sehr viel Besuch, es war immer was los. Das freute ihn bestimmt.

Das Telefon bei uns zu Hause stand nicht still. Alle fragten, wie es Benni geht und ob sie helfen können. Wenige Tage nach der erschreckenden Diagnose hatten wir die Kraft gefunden, uns dem Kampf zu stellen.

Ich schrieb Benni eine SMS.

»*Lieber Benni*« (das hatte ich vorher nie zu ihm gesagt; so was sagt man wohl nicht zu einem 20-Jährigen, wenn man die – wenn auch nicht böse – »Stiefmutter« ist) – »*wir werden dich halten, wir werden ein Netzwerk knüpfen, das dich auffängt, ich verspreche dir, wir werden alles tun, um dir zu helfen.*«

Das meinte ich so, wie ich es sagte, ich würde alles geben. Wenn wir ihn bloß wieder gesund kriegen! Von nun an waren SMS für viele Monate ein wichtiges und praktisches Kommunikationsmittel. Vorher hatte ich dieses »smsen« gehasst und es nur gezwungenermaßen gelernt. In dieser Zeit jedoch war es ein einfaches und wertvolles Mittel, um einfach mal zu sagen: »Hey, ich denke an dich, du bist immer bei uns und wir bei dir, in Gedanken.«

Später erzählten andere Patienten, dass sie, je länger die Krankheit dauerte, immer einsamer wurden. Viele wurden einfach vergessen, abgehakt. Hier drinnen in der Klinik, wo sich alles nur um Therapien und Leukos (Anzahl der Leukozyten, die unbedingt steigen musste, wenn man dem Leben draußen die Stirn bieten wollte) drehte. Es tat ihnen weh, dass sich viele abwandten, nicht mal eine SMS schickten. Ich wollte das gar nicht glauben und schwor mir, dass dies bei uns nicht passieren würde. Jeden Tag schrieb ich Benni, Wichtiges und Unwichtiges, Lustiges aus unserem Leben. »Adele kaut mir gerade ein Ohr ab, ganz schön feucht. Wird Zeit, dass du meine Rolle hier wieder mal übernimmst. Aber sie lässt grüßen, freut sich schon auf dein Ohr.« Solche Sprüche sollten ein kleines Lächeln auf sein Gesicht zaubern, ich sah es direkt vor mir. Er sollte immer dabei sein. Ich erzählte ihm von meiner Arbeit, aber vor allem immer wieder von der großen Anteilnahme, die wir hier erfahren durften. Regelmäßig erkundigten sich Menschen nach ihm, schickten Grüße und gute Wünsche. Menschen, von denen man es nicht erwartet hätte, setzten sich ein und fühlten mit uns.

Von den Enttäuschungen, die wir auch erfahren mussten, schrieb ich ihm nichts. Damit musste ich ganz allein fertigwerden. Er sollte durch nichts belastet werden, nur positive Gefühle bekommen. Dies musste ihm doch helfen, ihn stärken. Ich war zuversichtlich. Auch unzählige Briefe und Karten schickte ich, wenn ich nicht hinfahren konnte, nach Hannover. Er sollte immer merken, dass auch in der alten Heimat Menschen voller Sorge und Liebe an ihn dachten. Ich war und bin fest davon überzeugt, dass ihm das viel Kraft gab. Bei jedem Einkauf suchte ich nach etwas, was den auf der Krankenstation gefesselten Benni erfreuen könnte. Da waren z. B.: die »Zentis-Schokoladenplätzchen«, die erstaunlicherweise sogar bei entzündeter Mundschleimhaut noch schmeckten, und die »Zitronenkissen«, auch sehr lecker. Und sie passten auf Pappe aufgeklebt gut in einen Brief. Regelmäßig Post bekommen fand ich, muss doch gut tun.

Ich sah Bennis Grinsen direkt vor mir, wenn ich den Brief zur Post brachte: »Oh, ja, Schokoladenplätzchen.« Ja ich weiß, ich neige wie viele Frauen dazu, es zu übertreiben. Einmal von den »lieben Kindern« wohlwollend angenommen, werden sie zukünftig genau mit diesem Produkt geradezu bombardiert. »Aber du hattest doch mal gesagt, das du das magst.«

»Ja, aber doch nicht tonnenweise.« Mancher Besucher half bereitwillig beim Vernichten der Vorräte im Krankenhausnachtschränkchen. Bis zum nächsten Besuch wurde Platz geschaffen zum Nachbunkern. Viele Regeln waren einzuhalten, das Angebot reduzierte sich, kein frisches Obst, keine Erdbeeren, keine Nüsse, auch Spuren davon waren wegen der Schimmelpilzgefahr streng verboten. Man glaubt gar nicht, wie viele Sachen Spuren von Nüssen enthalten. Täglich nur abgekochter Einheitsbrei, Vitamine in Pillenform, abgepacktes steriles Zeug essen. Kein Wunder, wenn unser Hobbykoch Benjamin immer wissen wollte, was es bei uns so gab. Er wollte es wenigstens »mithören«, wenn er schon nicht mitessen konnte. Wir hatten ein schlechtes Gewissen, wenn wir darüber berichteten.

Manchmal schüttelte sich Benni – lässig auf seinem Krankenhausbett sitzend – schon, wenn er die Abdeckung seines zuvor selbst ausgesuchten Essens lüftete.

Wir fanden es eigentlich ganz lecker, das Essen auf der Station. Und Hunger hatten wir auch immer, da wir uns zum Draußenessen meistens keine Zeit nahmen. Sie war einfach zu kostbar.

So fanden die abgepackten Küchlein, die es jeden Tag zum Kaffee auf Station gab, und die Benni natürlich schon zum Hals raushingen, wenigstens in uns oft ihre dankbaren Abnehmer. Getränke standen für die Besucher auf der Station bereit. Das empfanden wir als sehr angenehm.

Der Einfallsreichtum der Familie wurde immer größer, um Abwechslung in Benjamins Speiseplan zu bringen. Es wurde zuhause gekocht, eingefroren und auf Station in der Mikrowelle alles Feindliche abgetötet.

Erste Fremdkost: Pizza aus der Mikrowelle, ein Hochgenuss für unseren Feinschmecker. Wie bescheiden man werden kann. Früher zelebrierte Benni regelrecht die Pizzaherstellung im Backofen, wir lernten viel von ihm in dieser Richtung. Nun machte ihn schon die Tiefkühlpizza aus dem Supermarkt glücklich.

Als es zwischendurch mal »Freigang« gab, war unser erster Weg mit Mundschutz zu McDonald's.

Endlich frische Pommes! Köstlich.

Wen stört es schon, dass sich die Leute nach uns umdrehten: »Wie rennt der denn rum?« Wir waren glücklich, ihn überhaupt mal aus der Klinik herausholen zu können. Trotzdem musste jeder Schritt gut überlegt werden. Keine Anstrengung, ist auch ein Klo in erreichbarer Nähe? Möglichst alles keimarm, keine Menschenansammlung oder öffentliche Verkehrsmittel.

Es konnte immer mal heißen: Benni darf raus für ein paar Stunden, darum hatten wir oft das Auto dabei, es könnte ja sein … Dann wollten wir ihm wenigstens in dieser Zeit Abwechslung ermöglichen, neue Eindrücke verschaffen. Er sehnte sich so sehr danach. Das empfanden wir als fast genauso wichtig wie die richtigen Medikamente. Ihm fiel die Decke einfach auf den Kopf.

Er war gerade 20 Jahre alt – eigentlich hatte er was anderes vor, als im Bett rumzuliegen und eine Therapie nach der anderen über sich ergehen zu lassen.

Auch mit der Freundin mal allein sein wäre so schön.

Meist kam jedoch die ernüchternde Botschaft: »Es geht leider doch nicht, die Leukozyten reichen nicht aus.« Da konnte man nichts riskieren, denn das bedeutete, die Abwehrkräfte sind zu schwach. Jeder Keim kann tödlich sein. Bloß kein Risiko, das war oberstes Gebot.

Wir taten, was wir konnten, um Benni das Leben erträglich zu machen und uns allen die Hoffnung aufrechtzuerhalten.

Jedoch bewegten wir uns auf dünnem Eis. Jedes Telefonklingeln versetzte uns in Angst und Schrecken, schlechte Nachrichten gab es mehr als genug.

In den ersten Wochen schlug die Chemo voll zurück. Bald musste Benjamin künstlich ernährt werden, alle Schleimhäute waren zerstört. Er bekam Morphium, um die Schmerzen aushalten zu können und ich weiß nicht, was noch alles. Er lag gefesselt durch unzählige Schläuche still und blass in seinem Bett, die Haare gingen aus und manchmal konnte er uns nicht mal mehr angrinsen, so schlecht ging es ihm. Erkannte er uns überhaupt?

Die Fachleute trösteten uns in dieser schweren Zeit. Es würde wieder besser werden, spätestens wenn die erste Chemo durch sei. Und wie viele davon musste er über sich ergehen lassen? Ich fragte lieber nicht.

Arztgespräch auf Station

September 2004

Wir saßen beide in einer kleinen dunklen Ecke des langen Flures der Station und warteten auf den behandelnden Arzt. Er hatte uns ein Gespräch zugesichert. Es war so wichtig für uns, wir hatten unendlich viele Fragen. Der Doktor hetzte immer wieder mit wehendem Kittel an uns vorbei. »Einen Augenblick noch bitte, ich bin gleich für Sie da«, warb er um Verständnis. Infomaterial der Krebshilfe, die berühmten blauen Heftchen lagen hier in Massen aus, wir hatten keinen Bedarf mehr, kannten schon sämtliche Heftchen, aber blätterten trotzdem nervös darin herum. Kaffee, Cola, Saft und Wasser standen wie immer für uns Besucher bereit. »Ein Whisky wäre mir jetzt lieber«, dachte ich bei mir und erschrak selbst darüber.

Wir mussten uns gedulden, hatten ja keine Wahl.

Die Minuten flossen zäh dahin, es gab auch nichts mehr zu reden.

Wir warteten.

Benjamin musste sich jetzt sowieso auf dem Zimmer ausruhen. Er hatte starke Schmerzen und wurde mit Chemie voll gepumpt. Man hatte ihm einen so genannten »Stant« gelegt; aus dem Brustkorb hingen die Anschlüsse und so floss durch die Kunststoffleitungen alles direkt in seinen Körper. Schon der Anblick dieser Apparaturen ging mir durch und durch. Ich staunte über mich, denn früher wäre ich bei diesem Anblick glatt aus den Latschen gekippt.

Endlich kam der Doktor in unsere dunkle Ecke. Er hatte eigentlich immer noch keine Zeit, die Patienten brauchten ihn, die Schwestern warteten – aber das war uns egal, jetzt waren wir dran.

Wir hatten uns schon im Zug auf einem kleinen Schmierzettel alle Fragen aufgeschrieben, um in der Aufregung auch nichts zu vergessen. Das war gut so, denn plötzlich herrschte gähnende Leere in meinem Kopf. Der Stationsarzt berichtete kurz über Bennis Zustand – den sahen wir ja selbst –, das reichte uns schon, dann kamen wir zum Eigentlichen:

»Ein Stammzellspender muss so schnell wie möglich gefunden werden. Wir haben ca. sechs Wochen Zeit, sonst …«

Ja was sonst?

»Was, wenn es keinen gibt oder wir ihn nicht finden können?«, fragte ich leise. »Genauso können Sie mich fragen was ist, wenn morgen die Sonne nicht mehr aufgeht. So weit wollen und können wir heute nicht denken.«

Rums, das saß!

Wir reißen uns zusammen, aber mir ist nur schlecht, so schlecht: »Wo ist das nächste Klo?«

Wir wussten, dass die weltweite Suche nach dem passenden Spender bereits auf Hochtouren lief.

»Wie stehen denn die Chancen, einen passenden Spender zu finden?«, war unsere bange Frage. Wir hatten ja keine Ahnung. »1 zu 100.000, 1 zu 4.000.000 (in Worten: vier Millionen)«, so hießen die Prognosen. Wir konnten uns was aussuchen. Die erstere gefiel uns besser, das musste zu machen sein.

»Wir werden die Suche aufnehmen, ganz klar, das kriegen wir hin. Es geht los«, dachten wir, uns tapfer selbst Mut zusprechend.

Wir bräuchten Verbündete, wir müssten so viele Menschen wie möglich erreichen. Wie können wir das am Besten schaffen?

Und, dass Schlimmste, wir brauchten Geld, viel Geld. Das zu begreifen dauerte fast noch länger. Es ist unglaublich, aber keine Kasse bezahlt diese Untersuchung des abgenommenen Blutes. Eine Typisierung kostet 50,– Euro. Sollten sich 100 Menschen finden, so rechnete ich, sind das schon 5.000 Euro, die gebraucht werden. An mehr wagte ich nicht zu denken.

Jule brachte uns auf die Idee, Kontakt mit den »Harlekins«, der sehr aktiven Fangruppierung von Hertha BSC, aufzunehmen. Deren »Vorsänger« und heimlicher Chef war Kay Bernstein. Er kannte Benni seit vielen Jahren. Kay würde garantiert helfen, wenn er könnte.

»O.k. Jule – versuch es«, gaben wir grünes Licht.

Sie standen vor dem Olympiastadion. Ihr Club, die alte »Hertha«, hatte ein Heimspiel und diesmal sollte endlich ein Sieg her. Jule schaute Kay mit traurigen Augen an.

»Hast du es schon gehört?«

»Mit Benni?«

»Hm, er hat akute Leukämie, ein passender Stammzellspender muss dringend gefunden werden. Es bleibt nicht viel Zeit. Ob wir über die ›Harlekins‹ was machen können?«

»Ich werd mal sehen, wir können ganz sicher was tun, und das werden wir auch«, meinte Kay bestimmt.

Sie gingen gemeinsam zum Spiel in ihre Ostkurve, aber wirklich dabei waren sie nicht. Der Schreck und die Angst um Benni ließen sie einfach nicht los. Kay sollte über das neu erworbene Megaphon die Stimmung in der Kurve anheizen. Sie wollten, wie immer, geschlossen hinter ihrer Mannschaft stehen. Die Gesänge und Choreografien waren intensiv und mitreißend – Gänsehautfeeling –, jedoch schwebte über dem Stadion eine dunkle Wolke.

Kay soll die Fans anheizen, aber eine Wolke schwebt über dem Stadion

Schon einige Tage später klingelte das Telefon. Kay:

»Hi Andy, wie geht's, wie geht's Benni? Wir wollen helfen, ich habe schon Kontakt mit der Geschäftsführung von Hertha aufgenommen. Mal sehen, was wir tun können. Wir müssen uns treffen. Nächsten Dienstag, 18.00 Uhr im Fanprojekt in Hohenschönhausen, die Presse wird auch da sein. Wir werden alles tun, um Benni und euch zu helfen. Wir schaffen das.«

»Die Presse, wollen wir das?«, fragten wir uns.

»Das werden wir wohl wollen müssen, wie sonst können wir viele Menschen erreichen?«

Für unser Ortsblättchen hatte ich schon einen kleinen Aufruf verfasst. Auch in den Einrichtungen der Umgebung hängten wir unseren Hilferuf aus. Die Ärzte aus unserer Gemeinde und den Nachbarorten hatten sich spontan bereiterklärt, die Blutentnahmen kostenlos in ihren Praxen durchzuführen. Wir informierten die Menschen darüber. Wir mussten es tun, auch wenn es uns unangenehm war, in der Öffentlichkeit zu stehen. Es gab bestimmt auch andere, die dasselbe Schicksal hatten.

Aber wir hatten versprochen, nichts unversucht zu lassen und der Schritt an die Öffentlichkeit gehörte wohl oder übel mit dazu.

Die Ärzte und Schwestern, die ohne zu Zögern ihre Hilfe zugesichert hatten, ahnten zu diesem Zeitpunkt sicher nicht, was auf sie zukommen würde.

Nach diesen ersten Schritten, Hilfeaufruf in unserem Umfeld und Kontakt mit den »Harlekins« und somit mit »Hertha BSC«, waren alle Schleusen geöffnet.

Eine gewaltige Hilfswelle rollte an, sie haute uns um und hielt uns gleichzeitig fest. Wir schwammen, strampelten, gingen unter und wurden wieder rausgezogen. Immer wieder, rauf und runter, tausendmal.

Wer jemals im Meer in eine Riesenwelle geriet und dabei strauchelte, kann sich ungefähr vorstellen, wie es uns während der langen nächsten Monate ging. Ich hatte das schon einmal in einem Urlaub in der Türkei erlebt, ich hatte damals Todesangst, Panik, alles. Irgendwie schaffte ich es ja dann wohl doch, wieder festen Boden unter den Füßen zu bekommen. Genauso fühlten wir uns jetzt. Wo war der feste Boden? Wo?

Millionen Menschen hatten sich zu diesem Zeitpunkt schon registrieren lassen in der weltweiten Datei der Stammzellspender. Aber der Richtige für Benni war nicht dabei.

Die MHH, in der Benjamin lag, arbeitete mit dem NKR (Norddeutsches Knochenmark- und Stammzellspenderregister e.V.) zusammen, also würden wir das auch tun. Wir nahmen sofort den Kontakt auf, das Büro lag direkt neben der Klinik.

Wir hörten wieder einmal, dass möglichst viele Leute gefunden werden müssten, die sich freiwillig typisieren lassen. Das heißt, diesen Freiwilligen werden zunächst wenige Milliliter Blut entnommen, die dann analysiert und in die Register aufgenommen werden. Sollten ihre Werte zu einem Patienten passen, der dringend einen Stammzellspender sucht, geht es weiter. Sie müssten sich dann einer gewissen Prozedur unterziehen, die nicht ganz ohne wäre.

Was das bedeutet, wie die Spende selbst vonstatten geht, wir wussten nichts. Egal, wir suchten den »genetischen Zwilling« von Benjamin. So nannten die Fachleute den passenden Stammzellspender. Am einfachsten wäre es, wenn er in der Familie gefunden würde. Aber leider, es wäre zu schön gewesen, es passte niemand. Sechs bis acht Merkmale müssen übereinstimmen. Wie kann das dann bei einem wildfremden Menschen passen, fragte ich mich und auch den Doktor. Durch die Völkerwanderungen in den vorigen Jahrhunderten kann der genetische Zwilling in Amerika, Australien oder sonst wo in der ganzen Welt leben. Es könnte ein Urahn der Familie sein oder ein Zufallstreffer. Das kommt oft vor. Selten findet man ihn für uns Europäer in Asien oder Afrika. Die herausgefilterten Stammzellen des »genetischen Zwillings« würden dann vom entferntesten Winkel der Welt vom Doktor höchstpersönlich abgeholt und schonend durch alle Flughafenkontrollen bugsiert. Sie sind unendlich kostbar für den wartenden und auf die Transplantation vorbereiteten Patienten. Darum hütet sie der Arzt wie seinen Augapfel. Es darf nichts schiefgehen, der Patient kann ohne die Transplantation nicht lange durchhalten. Jede Minute zählt. Seine eigenen weißen Blutkörperchen, die bösen kranken sowie sein gesamtes Immunsystem wurden ja durch die Chemotherapie und eventuell auch Bestrahlungen restlos abgetötet. Der Körper ist bereit für »die Neuen«, aber hat der Welt in diesem Augenblick absolut nichts mehr entgegenzusetzen. Ein Schnupfen, ein Schimmelpilz wären absolut tödlich.

Und das kurz vor dem Ziel.

Würde jemand bereit sein, für Benjamin, aber eben nicht nur für ihn, sondern auch für einen wildfremden Menschen, zur Typisierung zu kommen? Ich wusste es nicht. Blut spenden o.k. – aber Stammzellen? Man hatte schon mal davon gehört, dass, wenn die Ärzte ans Rückenmark gehen, es Komplikationen geben könnte ... Man hörte so viel, aber nicht nur wir wussten eigentlich nichts. Aufklärungsarbeit war dringend notwendig. Die Pressesprecherin des NKR verpflichtete uns, nichts ohne ihr Wissen und ihre Absegnung zu veranlassen. Als brave Bürger hielten wir uns, mit einer Ausnahme, während der gesamten Zeit strikt daran. Alles sollte optimal laufen, Ärger konnten wir nicht gebrauchen. Sogar den Artikel für unser 500 Auflagen starkes Ortsblättchen musste ich vorlegen, es durfte kein falsches Wort darin stehen. Ich konnte es ja auch verstehen. Dennoch kam irgendwann auch etwas wie Trotz in mir auf. Das war ja schlimmer als bei Erich Honecker, fand ich bockig.

Die damalige Pressesprecherin gab auch ein Interview im Radio über den genauen Ablauf der Typisierung und eine eventuelle Spende. Sie nutzte den aktuellen Fall Benjamin zur allgemeinen Aufklärung, die, wie gesagt, sehr nottat. Auch Andy und Benajmins Freundin wurden von den Radioreportern befragt und warben um freiwillige Spender. Wir saßen gerade beim Frühstück, als wir in den Nachrichten plötzlich diesen Beitrag hörten. Es ging uns durch und durch.

Der Bissen blieb im Halse stecken.

Warum ausgerechnet Benjamin?

Warum ausgerechnet wir?

Wir mussten den passenden Spender finden. Schnell!

Termin für alle Berliner und Brandenburger war an zwei Tagen im Oktober im Olympiastadion. Das NKR wollte mit großem Aufgebot aus Hannover anreisen.

Erstes Treffen »Harlekins«

September 2004

Ich arbeitete fieberhaft in meinem winzigen Büro im Rathaus, um mein Pensum zu schaffen – tausend Sachen waren zu erledigen. Ich wollte ja trotz allem meinen Job gut machen und meinen Chef, den Bürgermeister, nicht enttäuschen. Ich war für Öffentlichkeitsarbeit zuständig und Aktuelles ließ sich nun mal nicht verschieben. Es war aber auch wie verhext. Plötzlich ritten irgendwelche »Trojaner« unter meinem Namen mit meinen Botschaften durchs Netz, sämtliche Zeitungen der Umgebung erhielten bis zu 800-mal dieselbe E-Mail aus dem Rathaus. So blöd konnte ich doch gar nicht sein.

Nein, es war der »Trojaner«.

Ich sah schon weiße Seiten in den Tageszeitungen von morgen vor mir, weil außer meinem »Trojaner« keine aktuellen Nachrichten mehr in den Redaktionen ankommen konnten.

Alles blockiert. Es war der Horror. Zufall, Pech oder ein »böser Feind«? Der Computer oder andere diverse Technik streikte oft und war mir nicht wohl gesonnen. Welche bösen Geister hier die Hände mit im Spiel hatten, ich weiß es nicht. Ich fand es unfair.

Es gab zum Glück immer wieder Menschen, die mir auch in dieser Zeit an diesem Platz zur Seite standen.

Fast pünktlich machten wir uns auf den Weg zum »Fanprojekt«.

Jule hatte schon oft davon erzählt und Benni hatte wohl dort sein zweites Zuhause, in alten Zeiten, vor Hannover natürlich. Ich hatte mir dieses Fanprojekt irgendwie ganz anders vorgestellt. Hier malten die jungen Leute also tage- und nächtelang ihre Banner, die dann manchmal auf unserer Terrasse vollendet worden waren und zu jedem Spiel mitgeschleppt werden mussten. Darauf konnten sie klipp und klar ihre Meinung verkünden. Hier also hatten sie gequatscht, Wände gestrichen und auch befreundete Fans aus Karlsruhe und anderen Städten getroffen. Vor allem hier war das Domizil der »Harlekins«. Auch von denen hatten Patrick, Benjamin und Jule schon des Öfteren erzählt. Was waren das, die »Harlekins«, waren das Hooligans? »Mensch Jule, kein guter Umgang für dich«, dachte ich manchmal im Stillen und sagte es wohl auch laut. »Aber das hört ja bestimmt bald wieder auf«, versuchte ich mir einzureden. Ich nahm mir nie die Zeit, mal auf die Internetseite der »Harlekins« zu schauen. Es ergab sich auch fast nie, die Leute persönlich zu treffen.

Doch – einmal wollte Patrick drei von denen zum Grillen einladen, fiel mir ein. Plötzlich saßen 25 Leute auf unserer Terrasse, brachten einfach mit, was noch fehlte (also eigentlich alles) und es wurde ein toller Abend. Ich staunte nur, was für vernünftige Jungs und Mädels das waren. Mir war aber nicht bewusst, dass dies »Die Harlekins« waren. Auch zum 18. Geburtstag und zum Abiball meiner Tochter lernte ich einige von den Jungs etwas näher kennen. Das war's dann auch schon.

In diesem Augenblick nahm ich mir fest vor, in Zukunft genauer hinzuschauen, wenn es um unsere Kinder geht.

Nun sollten wir uns dort im Fanprojekt zu konkreten Absprachen treffen. Wir wollten gemeinsam checken, was machbar ist, wer helfen würde. »Die Presse wird auch kommen«, hatte Kay am Telefon angedeutet.

Ich versuchte mich im Auto nach dem stressigen Arbeitstag und dem akuten Schlafmangel etwas herauszuputzen. Wenigstens etwas Haarspray.

»Oh, entschuldige, Andy!«

In Sekundenschnelle waren alle Scheiben und auch der Rückspiegel mit einem dicken Film des »super strong Haarlack« verklebt.

»Sorry, das hatte ich nicht bedacht.«

Ich will aber kein Foto, ich hasse es. »Abwarten«, meinte Andy.

»Du hast gut reden, deine Glatze ist pflegeleicht. Am besten, ich warte draußen.«

»Du musst mit«, meinte er bestimmt, »du kannst besser reden.« Ich klemmte mir meinen Hefter namens »Benni wird gesund«, in dem ich alle Befunde, kleinen Texte usw. gesammelt hatte, unter den Arm und trottete brav hinter dem auch etwas nervösen Andy her.

Wir betraten das Gebäude, es erinnerte mich an einen Jugendclub, und sahen Kay.

Die ersten fünf Sekunden sollen ja wohl entscheiden über Sympathie und Antipathie. Zum Glück, sie stimmten gleich – ich mochte ihn.

Erst mal durchatmen, kurz noch eine rauchen.

Er musste schnell noch was erledigen. »Wo ist denn die Presse?«

Am Tisch saß nur eine freundliche junge Frau und ein Mädchen dazu.

Kay kochte uns einen Kaffee und stellte dann die junge Frau vor.

Sie hieß Sylke Heun, schrieb für die »Berliner Morgenpost« und hatte ihre Fotografin mitgebracht. Aha.

Eigentlich passte uns das nicht, lieber nicht so viel Öffentlichkeit.

Sylke wusste schon von Kay und dem Pressemann von Hertha, Peter Bohmbach, im Groben, worum es ging. Sie sah meinen »Benni wird gesund«-Hefter und lächelte uns freundlich zu.

Wir sollten erst mal alles erzählen.

Sie nahm sich unendlich viel Zeit, drückte alle ankommenden Gespräche auf ihrem Handy weg, egal ob ihr Mann oder ihr Chefredakteur anrief. Mir war das fast unangenehm, so viel Aufmerksamkeit, so viel kostbare Zeit nur für uns.

Nein, es war ja nicht für uns, es war für Benni, es ging um Leben und Tod. Daran mussten wir uns erst gewöhnen.

Sylke war sehr berührt, versprach, alles zu tun, was in ihrer Macht stand, um zu helfen. Wir glaubten ihr aufs Wort. Sie erzählte uns auch vom Verein »Berliner helfen« sowie den Möglichkeiten der Presse, zu den Typisierungsaktionen und Spenden aufzurufen. »Es werden ganz viele Menschen helfen wollen, da bin ich mir sehr sicher«, meinte Sylke.

Auch die Verantwortlichen und Spieler von Hertha BSC hätten sofort alle erdenkliche Hilfe persönlich zugesichert, sie planten Typisierungs- und Spendenaktionen im Olympiastadion zu organisieren. Dazu brauchten wir, ziemlich dringend, die Presse. Wir waren beeindruckt, schwer sogar. Das NKR musste natürlich mit ins Boot.

Wir erfuhren viel Wärme und hatten ein gutes Gefühl, uns auf alles einzulassen. Nur mit Benjamin wollten wir vorher unbedingt sprechen, er würde dadurch schließlich stark belastet werden und in der Öffentlichkeit stehen. Das war nicht unbedingt sein Ding.

Aber er war zum Glück einverstanden.

Dann musste Sylke doch ganz schnell los, ihr Chef ließ nicht locker. Für den Berliner Zoo war ein Affe ein- oder ausgeflogen worden, das musste als Schlagzeile unbedingt am nächsten Tag auf die Titelseite. Das konnten wir verstehen. Das war auch wichtig – für die anderen.

Nun kam das junge Mädchen zum Zuge. Ihre Firma hieß »Augenblick«, welch schöner und treffender Name für eine

Fotografin. Jeder »Augenblick« konnte so viel sagen, so viel bedeuten – oder auch gar nichts, unendlich sein ... und dieses im Bild festzuhalten – ein schöner Beruf.

Also: »Ein Foto bitte, das muss sein, sonst blättern die Leser gleich weiter.« Ich konnte mich drücken (so wichtig war ich dann zum Glück doch nicht) und es marschierten Kay und Andy nach draußen, um noch schnell das beste Licht auszunutzen und ein Foto oder mehrere zu machen. Noch mal gut gegangen, das klebrige Auto könnte ich bei Gelegenheit in Ordnung bringen. Halb so wild.

Wir besprachen noch einige Einzelheiten, Kay war sehr still. Er nahm Andy in den Arm. »Ich werde tun, was ich kann«, versprach er noch einmal und auch daran zweifelten wir keine Sekunde. Es war ein gutes Gefühl, Verbündete zu haben und nicht allein mit der Angst zu sein. Viel Arbeit würde auf uns zukommen. Zum Glück gibt es das Internet, und so flogen die E-Mails nachts hin und her.

Wir fuhren aufgewühlt und voller Hoffnung nachhause.

Nicht dass dort schon die Paparazzi auf uns lauerten, man sah ja im Fernsehen oft die tollsten Geschichten. Mir fiel spontan die Schlammschlacht um den berühmten »Maschendrahtzaun« vor einigen Jahren ein.

Keiner da, nur Schäferhund »Adele« wartete mit traurigen Augen. Auch nichts zu essen mehr im Haus. »Morgen muss ich mal ein paar Büchsen kaufen für solche Fälle«, beschloss ich. Warum hatten wir nicht unterwegs was gegessen? Glatt vergessen, wir waren zu sehr mit dem ganzen Dilemma beschäftigt. Wie sollten wir das alles bloß durchstehen?

Ich hatte auch demnächst Prüfungen zu absolvieren, schließlich erlernte ich »nebenbei« einen neuen Beruf. »Verwaltungsfachangestellte« wollte ich berufsbegleitend werden. Fast zwei Jahre lang war ich dafür jede Woche einmal nach Potsdam zum Unterricht gefahren, nun kam es darauf an. Ich wollte unbedingt so gut wie möglich abschließen. Sonst wäre die ganze Anstrengung umsonst gewesen. Manchmal fuhr ich sogar von Hannover direkt nach Potsdam. Die Bahn macht's, wenn auch oft mit Verspätung, möglich.

Erster Artikel in der »Berliner Morgenpost«

Oktober 2004

Nach einigen Tagen stand der erste Artikel mit Bennis Geschichte in der »Berliner Morgenpost«. Ich war gespannt, was Sylke Heun aus unserem Gespräch gemacht hatte. Auf dem Weg zur Arbeit versuchte ich, eine Zeitung zu kaufen. Anscheinend gibt es wohl an jeder Tankstelle nur ganz wenige Exemplare. Alle waren an diesem Morgen jedenfalls schon verkauft. An der letzten hatte ich dann doch noch Glück und ergatterte, bevor ich zur Arbeit fuhr, das letzte Exemplar.

Doch damit hatte ich nicht gerechnet.

»**Leukämie: Helfen Sie Benny!**« stand in großen Lettern auf Seite 23. »Dieter Hoeneß ruft auf zur Suche nach Knochenmarkspendern bei Hertha BSC.«

Ein langer Beitrag mit dem Foto und der ergreifend geschriebenen Geschichte von unserem Benni füllte eine große Seite. Die Berliner und Brandenburger wurden aufgerufen, Benjamin und den vielen anderen Leukämiekranken zu helfen.

Für den 19. und 20. Oktober 2004 würden im Amateurstadion bei Hertha BSC zwei riesige Spendenaktionen gemeinsam mit dem NKR organisiert. Hier könne man sich typisieren lassen. Ich überflog den Bericht gleich im Auto und brach in Tränen aus. Es war einfach zu viel.

Zum Glück hatte ich eine Gleitzeitvereinbarung. So konnte ich mich, so gut es ging, sammeln und irgendwie an meinen Arbeitsplatz gelangen. Durch die große schwere Eingangstür in das alte ehrwürdige Rathaus, die schön geschwungene Treppe rauf – eigentlich sollten hier lieber glückliche Brautpaare nach ihrer Trauung im Ratssaal hinunterschreiten –, weiter den Gang nach rechts – hinein ins Kämmerlein. Bloß durch – hoffentlich treffe ich niemanden, der mein verheultes Gesicht sieht. Und das schon am frühen Morgen. Wie soll ich bloß diesen Tag hinter dem Schreibtisch überstehen?

TOBER 2004 BERLIN

Leukämie: Helfen Sie Benny!

Dieter Hoeneß ruft auf zur Suche nach Knochenmarkspendern bei Hertha BSC

VON SYLKE HEUN

Er war plötzlich so blaß und schlapp. Seltsam. So kannte Verena (22) ihren Freund Benjamin gar nicht. Ein konditionsstarker Sportler, immer in Bewegung, Fußballer und begeisterter Hertha-Fan. Verena drängelte, Benjamin ging zum Arzt. Als der Mediziner die Laborergebnisse bekam, ließ er sofort den Jungen suchen. Die Blutwerte waren alarmierend, die Diagnose ein Schock: akute lymphatische Leukämie. „Benny hatte nur noch ein Drittel gesunde rote Blutkörperchen. Im Krankenhaus begannen sie gleich mit einer Chemotherapie", sagt sein Vater André Bienert aus Hennickendorf bei Strausberg. Das war am 31. August. Seitdem wird Benjamin in Hannover, wo er seit zwei Jahren lebt, an der Medizinischen Hochschule Hannover (MHH) behandelt.

Akute Leukämie führt im Körper zu einer starken Vermehrung von nicht funktionsfähigen weißen Blutkörperchen. Gleichzeitig nimmt die Zahl der gesunden Blutzellen ab. Ohne Therapie ist sie in kurzer Zeit tödlich. „Benjamin geht es den Umständen entsprechend gut", sagte gestern Prof. Arnold Ganser, Direktor der Abteilung Hämatologie und Onkologie an der MHH. Bennys Körper spricht auf die Chemotherapie an, seine gute Kondition kann viele Begleiterscheinungen wegstecken.

Eine Sorge aber läßt sich nicht verdrängen: Chemotherapie kann den Krankheitsverlauf bremsen, aber nicht stoppen. Deshalb muß schnellstens ein geeigneter Knochenmarkspender gefunden werden. Prof. Ganser: „Wir brauchen ihn in sechs Wochen." In den 40 deutschen Dateien, in denen 2,3 Millionen Spender registriert sind, verlief die Suche durch das Norddeutsche Knochenmarkspender-Register (NKR) bisher erfolglos. Bleiben noch sieben Millionen Menschen weltweit, aber die Suche dauert.

Wie schnell kostbare Zeit verrinnen kann, weiß man auch bei Hertha BSC. Seit sechs Jahren ist Benjamin Mitglied bei der Fangruppe Harlekins Berlin. „Wenn einer von uns Hilfe braucht, dann helfen wir", sagt Bennys Freund Kay Bernstein. Mit Hilfe des Vereins organisierte er eine Aktion, bei der alle, die Benny helfen wollen, sich in der kommenden Woche als Knochenmarkspender registrieren lassen können. Bereits zugesagt haben die Profis von Hertha, die an diesen Tage im Amateurstadion trainieren werden. Dieter Hoeneß, Vorsitzender der Hertha-Geschäftsführung: „Für uns ist es selbstverständlich, daß wir unsere Fans bei der Typisierungsaktion unterstützen. Deswegen meine eindringliche Bitte an alle Leserinnen und Leser: Kommen Sie ins Amateurstadion! Ein kleiner Piks kann sein Leben retten."

Berliner helfen e.V.

Freund Kay Bernstein (l.), Vater André Bienert

Ein Jugendfoto von Fußballer Benjamin

Benjamin Bienert hofft darauf, daß sich ein Knochenmarkspender findet

INFO

Berliner helfen Hilfe für Menschen in Not ist das Ziel des Vereins „Berliner helfen", einer Initiative der Berliner Morgenpost. Wer Benjamin helfen möchte, zwischen 18 und 60 Jahre alt und gesund ist, kann das am 19. Oktober (11–19 Uhr) und am 20. Oktober (9–19 Uhr) tun und sich im Amateurstadion bei Hertha BSC am Olympiastadion als potentieller Knochenmarkspender registrieren lassen. Aber auch finanzielle Hilfe wird dringend benötigt, denn jede Blutprobe muß typisiert werden, und das kostet pro Spender 50 Euro. Wer spenden möchte: Berliner helfen e.V., Stichwort „Benny", Berliner Sparkasse, Kontonummer 630 025 150, BLZ 100 500 00.

Der erste Artikel in der »Berliner Morgenpost«

Es gab eine Kollegin, die wunderte sich. »Was soll das, es ist doch nicht Ihr Sohn.« Stimmt eigentlich, was geht mich das an?

Doch von ganz vielen Kollegen und anderen Menschen, gerade auch von unerwarteter Seite, kam Zuspruch und Mitgefühl. Eines Tages stand auf meinem Schreibtisch eine rote Rose. Nach langen vorsichtigen Forschungen erfuhr ich, von wem. Ich wollte mich doch wenigstens bedanken. Eine Kollegin, mit der ich eigentlich wenig zu tun hatte, erhoffte wohl, einen Lichtstrahl in mein Leben zu bringen. Es war ihr gelungen. Danke, das tat so gut!

Andere sprachen mich immer wieder an, fragten, wie es Benni ging und ließen sich gemeinsam mit ihren Familien typisieren. Auch die Feuerwehren des Ortes gingen beinahe geschlossen zur Typisierung, die Redakteurin der regionalen Presse, die einen Artikel über diese Aktion veröffentlichte, verlor kein Wort darüber und gab ihr Blut für den guten Zweck. Wenn wir von solchen stillen Helfern erfuhren, was leider viel zu selten geschah, waren wir immer wieder sehr berührt und auch aufgewühlt. Wir waren so voller Dankbarkeit und konnten es nicht allen sagen und eigentlich auch gar nicht fassen.

Manchmal hatte ich das Gefühl, es gab keinen Menschen im Umfeld von 25 Kilometern, der nicht irgendwie versuchte, Benjamin und uns zu helfen, der alles über uns wusste und zumindest einen in der Familie hatte, der aktiv etwas tat, um zu helfen.

Das war ganz wunderbar.

Aber auch sehr anstrengend, weil diese Suche, diese Angst uns komplett im Würgegriff hatte.

Monatelang, es gab nichts anderes mehr.

Alles, was noch zum Leben gehört, lief irgendwie automatisch ab, wir funktionierten. Ja wir kämpften – aber wir merkten nichts mehr drum herum. Sogar der Pfarrer bot uns seine Hilfe an. Auch das war ein Strohhalm, an den wir uns klammern würden, wenn es nötig wäre. Das war uns völlig klar.

An einem anderen Tag besuchte mich die Schulleiterin des Gymnasiums, das Benni mit Jule besucht hatte, in meinem Büro. Ich dachte, sie käme dienstlich.

»Was können wir tun, wir wollen helfen?«, war ihre einzige Frage. Ich staunte, dass sie sich noch an Benjamin erinnerte, immerhin waren schon vier Jahre vergangen. Und mir fiel auch schnell wieder ein, dass die Erinnerungen nicht nur gute seien konnten. Sie lächelte mich freundlich und voller Mitgefühl und Sorge an.

»An Benni kann ich mich sehr gut erinnern, solche Menschen vergisst man nicht.« Ich war ihr sehr dankbar dafür. Wir verabredeten, dass auch an ihrer Schule eine Spenden- und Typisierungsaktion stattfinden könnte. Benjamins Mutter Regina würde sich um alles kümmern. Die Schwestern unserer Hausarztpraxis waren nach ihrer offiziellen Dienstzeit auch hier wieder ganz selbstverständlich dabei. Schüler, Lehrer und Eltern sowie zahlreiche Anwohner waren zum vereinbarten Termin vor Ort. Sie alle wollten unbedingt etwas tun. Auch die benachbarte Kita machte mit, wie ich erst viel später erfuhr. Wer nicht für die Typisierung infrage kam – das durfte man erst ab 18 und völlig gesund – verkaufte Kuchen, spendete Geld oder ließ sich etwas anderes einfallen, um zu helfen. So war es bei ganz vielen Aktionen an unzähligen Orten in dieser Zeit in diesem Land. Wahnsinn!

Beim Benefizkonzert im November, das der Förderverein in unserem Heimatort für das NKR organisierte, übereichte die Schulleiterin dann mit bewegenden Worten einen Scheck von mehreren hundert Euro. Und einen sehr persönlichen, fast mütterlichen Brief an Benjamin.

Kämpfen Benny! Kämpfen – alle!

September/Oktober 2004

Kämpfen, Benni – das wurde jetzt zur Devise.

Aber viel konnte Benni von seinem Krankenbett aus nicht tun.

Das bedeutete: Kämpfen – alle!!

Wir hatten uns nun also entschlossen, nachdem klar wurde, dass ein Stammzellspender gesucht werden musste, an die Öffentlichkeit zu gehen. Ein schwerer Schritt, denn von nun an sollten wir keinen Tag mehr Ruhe haben.

Aber es war notwendig, denn schnell wurde klar, dass Benni eine sehr seltene DNA hatte, in vorhandenen Registern ließ sich kein passender Spender finden. Allein der Gedanke, dass es einer von uns, unseren oder seinen Bekannten sein könnte, zwang uns, alles zu versuchen. Wir machten uns auf die Suche nach der berühmten »Nadel im Heuhaufen«. Jeder konnte der Richtige sein. Mit dem kleinen Artikel in unserem Ortsblättchen und Aushängen im Ort hatte alles angefangen. Und die Welle der Hilfsbereitschaft kam ins Rollen.

Unsere ansässigen Allgemeinärzte, die ohne zu Zögern ihre Hilfe zugesichert hatten, wurden wohl auch manchmal überrollt. Mit dem Ansturm, der folgte, hatte keiner von uns in seinen kühnsten Träumen gerechnet. Eines Abends klingelten junge Leute bei uns, um neue Sets (kleine Pakete mit Kanülen und Röhrchen extra vom NKR) zu holen. In den Praxen warteten geduldig viele Freiwillige. Der große Vorrat war restlos aufgebraucht. Die eigentlich Kranken, die zu ihrem Arzt wollten, mussten sich sicher in großer Geduld üben in dieser Zeit. Sie mögen uns verzeihen, aber niemand konnte das voraussehen.

Jede Woche sammelten wir die gefüllten Röhrchen mit den

unterschriebenen Einverständniserklärungen ein, auch hier halfen uns Bekannte und Freunde, anders war es nicht zu bewältigen, schließlich gingen wir den ganzen Tag arbeiten. Unverzüglich lieferten wir jede Woche die »Ausbeute« direkt in Hannover beim NKR ab. Dort liefen alle Fäden zusammen. Von hier bekamen wir das gesamte Info- und Werbematerial sowie auch spezielle Spendenboxen. Kistenweise schleppten wir Flyer und Material zu den einzelnen Aktionen, von denen es in den folgenden Monaten unzählige gab.

Hier wurden die Computer mit den Daten gefüttert und an die Zentrale der DKMS weitergeleitet. Zeitweilig kamen die NKR-Angestellten nicht mit der Eingabe der Daten hinterher. Oma Dagmar (Andys Mutter) aus Berlin erklärte sich auch hier bereit zu helfen. Jede Woche machten sich Andys Eltern auf den Weg nach Hannover, um Benni zu besuchen. Das fand ich ganz toll. Sie waren ja auch nicht mehr die Jüngsten. Benni konnte sich fest darauf verlassen und er genoss es auch, denke ich. Er wurde nicht vergessen. Das machte ihn stark, auch wenn er vielleicht manchmal schmunzelte über die Fürsorge der Oma.

In den Räumen des NKR stapelten sich die Kisten mit Blutproben der Freiwilligen, die aus Geldmangel nicht untersucht werden konnten. Ich hatte es mit eigenen Augen gesehen, sonst würde ich es nicht glauben.

Es war unfassbar für mich.

Wir suchten den passenden »genetischen Zwilling« für Benjamin.

Die einzige Chance, sein junges Leben zu retten.

Die Menschen standen Schlange, um ihre Blutprobe abzugeben, und es fehlte an Geld.

Jede Typisierung kostet 50 Euro und die sind einfach nicht da.

Genau in der hinteren rechten Ecke in der untersten Kiste, dort könnte die passende Spende liegen. Und für einen anderen, der schon lange wartet, ist es vielleicht gerade die ganz oben hier – genau vor mir. Aber sie kann nicht gefunden werden, denn sie wird nicht untersucht.

Sie wird nicht untersucht,

weil das Geld fehlt.

Es muss komplett aus Spendengeldern aufgebracht werden.

Die Krankenkassen zahlen keinen Cent.

Begründung: Die Untersuchung (Typisierung) der gesammelten Blutproben macht nicht einen Menschen direkt gesund.

Sehr vorausschauend, das muss ich sagen.

Lieber warten die Patienten wochen- und monatelang auf den teuren Stationen der Kliniken und werden vor Schmerzen, Angst und Sorgen verrückt. Und mit ihnen ihre Angehörigen und Freunde.

Und vielleicht schaffen sie es nicht, so lange zu warten.

Ich fand das ungeheuerlich.

Viele quälende Gedanken drängten sich auf. Wo könnten wir so viel Geld auftreiben? Vielleicht sollten wir das Haus verkaufen? Aber es gehört sowieso noch der Bank. Banküberfall? Kennen wir einen Millionär? Vielleicht einer von denen, der Partys für zigtausende Euros auf irgendwelchen Yachten veranstaltet. Oder ein Prinzesschen, das für viele tausend Euro neue Bikinis und Kleidchen kauft. Gerade kam doch ein Bericht darüber im Fernsehen. Bestimmt würden sie gern etwas abgeben.

Andy brachte mich schnell wieder auf den Boden der Tatsachen.

So wird das nichts.

Was tun? Wir würden, wenn nötig, auf alles verzichten. Gar keine Frage. Benni musste gerettet werden. Wir werden kämpfen!

Und Benni? Der kämpfte mit den Schmerzen, den Nebenwirkungen, der furchtbaren Übelkeit, der Angst. Er durfte den

Mut nicht verlieren. Das war das Wichtigste, er durfte nicht aufgeben.

Darum berichteten wir ihm von allem, was wir erlebten. Er las im Internet in seinem Gästebuch (die Fußballzeitung »Stadionwelt« hatte neben den »Harlekins« extra eins für ihn eingerichtet) die viele Post an ihn. Tausende Einträge, Mut machende, mitfühlende Zeilen. Meist von fremden Menschen, nicht nur von Fußballfans. Menschen mit ähnlichen Schicksalen, Hausfrauen, Mütter und Väter. Alle wollten etwas tun, um ihm zu helfen und ihm Mut zu machen.

Die Welle

In diesen Monaten lief eine unglaubliche Hilfswelle an.

Im Schneeballsystem verbreiteten sich unsere Aufrufe im ganzen Land, sie wurden vernetzt, verlinkt und bewegten Menschen aller Altersklassen und Schichten. Verfeindete Fußballvereine legten ihren Hass beiseite, Menschen opferten ihre Zeit und Kraft, um Aktionen zu organisieren, von denen uns nur ein Bruchteil bekannt wurde. Einige Aktionen, die ich miterlebte oder erfuhr, sind für immer in meinem Gedächtnis verankert.

Leider kann ich somit auch nur darüber berichten. Allen Ungenannten hiermit nochmals von ganzem Herzen unser ausdrücklicher Dank, ihr habt Großes geleistet. Wir werden das niemals vergessen. Und ihr wahrscheinlich auch nicht.

Wir lebten in dieser Zeit hart am Limit, waren aufgewühlt und voller Hoffnung. Und vor allem voller Dankbarkeit.

Wie war das möglich? Wie ging das, dass so viele Menschen so viel taten für einen Fremden?

Wir hörten zum Beispiel von Aktionen in Kitas, Schulen und

Firmen, auf Weihnachtsfeiern, in Fußballstadien, bei Sportveranstaltungen in unserer unmittelbaren Umgebung, aber auch in der ganzen Bundesrepublik.

Die Schüler der Gesamtschule, die Benni als »Neuer« zwei Jahre besuchte, organisierten zum Beispiel spontan einen »Spiel- und Sportnachmittag« und sammelten Geld für das NKR. Wir hörten erst im Nachhinein davon. Die Kinder, einige Eltern und eine Lehrerin überreichten Andy am Gartenzaun im Namen aller Beteiligten den Erlös ihrer Sammlung zur Weiterleitung an das NKR. Sie gaben ihm auch ein kleines zu Herzen gehendes Briefchen in Form eines Glückskäfers.

»Hallo, lieber Benjamin! Ich bin der Glückskäfer »Mariechen« und möchte dir von den Schülern herzliche Grüße überbringen. Wir schenken dir den »Benni« (ein Kuscheltier), der ist stark und bringt dir Kraft.«

Alle hatten darauf unterschrieben und Benni viel Glück gewünscht. Wir nahmen Kuscheltier und Glückskäferbrief natürlich gleich am Wochenende mit nach Hannover. Als er es las, huschte ein Lächeln über sein schmerzgeplagtes Gesicht. Er freute sich ehrlich.

Er mochte Kinder, das wusste ich ja spätestens seit unserer Fahrt an den Helenesee.

Später hatte er sogar Kids in Hannover eine Zeit lang trainiert. Erst hier wurde ihm wohl auch bewusst, wie sehr er manchmal seinen Trainer geärgert haben musste mit seinem Rumgemaule. Das gab er immerhin selbst zu. Vergessen! Das gehört eben dazu.

Ich malte mir aus, dass Benni vielleicht, wenn er wieder gesund ist, zu uns an die alte Schule und zum Fußballverein, zu den Handballern, den Gymnasiasten, den Sängern, den Senioren … (ich glaub, es sind zu viele, geht wohl doch nicht so) kommen würde und sich endlich einmal persönlich bedanken könnte. Wir würden das schön vorbereiten. Ein kleines Turnier oder eine Party, möglich wäre auch eine weitere Aktion zu Gunsten krebskranker Kinder, diesmal aber mit unserem tapferen »Helden« höchstpersönlich.

Das wäre wirklich super!

Hilfe und Engagement würden auch gebraucht werden, wenn Benni längst wieder gesund ist.

Und wir wollten alles zurückgeben, was wir bekommen hatten.

Das dachte ich mir so, als ich wieder einmal am Krankenbett beim blassen Benni stand. Es gab mir stets wieder neue Kraft und neuen Mut. Pläne für die Zukunft schmieden, darin war ich schon immer gut. Ideen hatte ich immer sofort aus dem Stand. Ich brauchte das irgendwie.

An einem Tag im November führte der örtliche Handballclub ein »Spiel der Herzen« durch, um die Suche nach dem »genetischen Zwilling« für Benjamin zu unterstützen.

Geplant war dieses Spiel, in dem eine Freizeitmannschaft aus Freunden und Spielervätern die erstklassige Frauenmannschaft herausforderte, ursprünglich für die eigene Nachwuchsförderung.

Als die Handballer von Benjamins Schicksal erfuhren, entschieden sie sich spontan um. Wir waren eingeladen und nahmen am Ende sofort die Geldspende für das NKR entgegen.

Am selben Abend fand auch nach langer Zeit ein Klassentreffen mit meinen ehemaligen Mitschülern statt. 25 Jahre aus der Schule – das sollte gefeiert werden. Ich konnte nicht gehen. Zu ergriffen war ich nach dem Tag mit den Handballern. Ich wollte auch den anderen nicht die Stimmung verderben.

Am nächsten Tag klingelte es spät abends bei uns. Meine ehemalige Klassenlehrerin stand vor der Tür.

»Es brannte noch Licht und ich wollte dir unbedingt persönlich diesen Umschlag übergeben. Alle deine ehemaligen Mitschüler haben Geld eingesammelt, um eurem Benjamin und den anderen Leukämiekranken zu helfen. Alle lassen dich ganz herzlich grüßen. Bleibt stark. Ihr schafft das. Und grüßt Benjamin, wir denken an ihn.« Mir war das fast unangenehm, sie sollten feiern an diesem Abend und nicht traurig sein. Alle hatten sich doch schon so auf das Treffen gefreut. Das wollte ich nicht. Auch deswegen war ich ja nicht hingegangen.

Der ortsansässige Fußballverein, in dessen Reihen Benjamin sechs Jahre lang spielte, organisierte ein Wochenende »Fußball gegen Leukämie«. Auch sie übergaben den Erlös dem NKR für die weitere Untersuchung und Typisierung von eingesammelten Blutspenden.

Hortkinder an Andys Arbeitsort sammelten am »Oma-Opa-Tag« Geld ein.

Eine allein erziehende Mutter von vier Kindern sammelte spontan in ihrer Firma und in ihrem Wohngebiet Geld für weitere Typisierungen. Sicher hätte sie so viel Geld auch selbst gut gebrauchen können.

Sogar am »Halloween-Abend« entschied sich ein kleines Mädchen aus unserem Ort, die Leute an den Türen nicht um Süßes, sondern um Geld für »Benjamin« zu bitten.

So etwas berührte uns natürlich jedes Mal besonders. Auch die Senioren des Ortes spendeten von ihrer knappen Rente für »Benjamin«, sprich für das NKR, und übergaben den Erlös.

Ich wusste, die Menschen taten es gern und freiwillig.

Trotzdem: Der Druck, der auch dadurch auf uns lastete, war enorm. Ich war wütend auf die Gesetze, den Staat oder weiß ich wen.

Warum eigentlich mussten wir »betteln« gehen, arme Leute ihr Letztes geben für die normalste Sache der Welt – Untersuchung bereitliegender Blutspenden?

War es nicht Aufgabe des Staates, des Gesundheitssystems oder von mir aus der Krankenkasse, einem Todkranken zu helfen? Wir zahlten schließlich alle reichlich unsere Beiträge und mussten in der Zeitung von Milliarden verschwendeter Steuergelder lesen.

Diese Ungerechtigkeit trieb mir oft Tränen in die Augen. Dies alles zu unterdrücken kostete zusätzlich viel Kraft. Aber wir konnten nichts dagegen tun.

In diesen Wochen startete auch unser Verein, dessen Vorsitzender Andy war, ein Benefizkonzert.

Wir hatten zusammen schon des Öfteren größere Spendenaktionen organisiert. Sei es für die Flutopfer der Jahrtausendflut, für sauberes Brunnenwasser in Indien, den Bau eines Spielparkes in unserem Ort oder verschiedene kleinere Projekte. Das taten wir auch persönlich immer gern, es machte Freude, gemeinsam anderen zu helfen. Es ging ja auch nicht so direkt um Leben und Tod. Deswegen durfte es auch Spaß machen. Aber diesmal war alles anders.

Diesmal stand das Konzert unter dem Motto: »Helfen statt warten – handeln durch Taten«. Wir sollten nicht damit belastet werden, nur kommen und informieren.

Wir versuchten unser Bestes. Hier, wo jeder jeden kannte und wo jeder irgendetwas tat, um zu helfen, war die Anspannung besonders groß. Wir hatten eine Stellwand mit allen Informationen vorbereitet und aufgestellt. Ich malte eine große Sonne. Auf die Strahlen schrieb ich »Weitere Aktionen und Helfer: Gesamtschule Petershagen, Trockenbau Kulawik, Hönower Biker, Hennickendorfer Senioren, Volkschor und Blasorchester Hennickendorf, Feuerwehren, evang. Kirchengemeinden, Verwaltungsfachhochschule Kehl (Baden-Württemberg), Technische Fachhochschule Berlin Karlshorst, 1. FC Union, Hertha BSC, BFC, Hennickendorfer Sportverein (HSV 90 e.V.), Hennickendorfer Handballverein HCH, Reinickendorfer Füchse, Scorpions Hannover, Hannover 96, Karlsruher SC, Gymnasium Peine, Berliner Eisbären, Charité Berlin, Berliner

Friedrichstadtpalast, Polizei, alle regionalen und viele überregionale Zeitungen …«

Mehr Strahlen passten nun wirklich nicht an meine Sonne.

Aber es gab noch so viele, die mitmachten. In der Sparkasse lagen vorgedruckte Überweiser für das NKR aus. Zahlreiche Menschen zahlten ein, oft große Beträge. Vielleicht hängt davon alles ab?

Das motivierte viele Menschen. Als ich im Internet auf den Fußballseiten herumsurfte, gab ich die Hoffnung auf, je meine Sonne komplett zu kriegen. Von hunderten Aktionen wurde dort berichtet, so viele Strahlen konnte die Sonne nur in unseren Herzen haben, aber auf keiner Stellwand und in keinem Buch. Es war unbeschreiblich. Wir waren voller Dankbarkeit.
Alle Gäste unterschrieben an diesem Nachmittag im November beim Benefizkonzert in der Schulaula auf Plakaten, die wir dann Benni mitnehmen würden. Andy ließ Benni am Handy mithören.

O.k., es war nicht seine Musik, aber er war sehr gerührt. Alle unsere Freunde und Bekannten, Bennis »Familie« aus Hannover, das NKR, unser Bürgermeister und auch einige Verwandte waren gekommen, alle halfen mit. Der Verein sowieso.

Das Gesangsduo »Ilona und Peter« fuhr mit seinen bewegenden Liedern den Gästen mächtig unter die Haut, die jungen Künstler an den Streichinstrumenten und Gitarren gaben alles. Viele Frauen des Ortes hatten Kuchen gebacken, dessen Erlös ebenfalls gespendet wurde. Wir hatten ihn nicht probieren können. Die Kehle war wie zugeschnürt.

Wir gingen nach vielen Stunden mit hängendem Kopf nachhause. Warum gerade Benni, warum nur?

Immer wieder hörten wir von anderen Aktionen. Ich kann und möchte sie nicht aufzählen, da es nur ein Bruchteil dessen sein kann, was in diesem Land geschah. Vielleicht schreiben wir darüber alle gemeinsam ein Extrabuch? Ein ganz dickes, spannendes Buch.

Die Idee gefällt mir.

Das Ergebnis aller Aktionen rund um Benni kann ich jedoch hier voller Dankbarkeit und Stolz verkünden.

Über 100.000 Euro wurden insgesamt eingesammelt.

Das bedeutet, 2000 der »wartenden Blutröhrchen« konnten davon typisiert werden.

Aber das heißt auch, 4000 warteten noch in der dunklen Kiste auf die Erlöse der nächsten Spendenaktionen, die hoffentlich immer weiter laufen. Insgesamt ließen sich über 6000 Menschen im Rahmen der Benni-Aktionen typisieren. Ganz sicher ist, dass schon einigen Leukämiekranken, die auf einen passenden Stammzellspender warteten, aus diesen Reihen geholfen werden konnte.

Wie sehr wünschte ich mir, selbst einmal als Spender infrage zu kommen und vielleicht nach zwei Jahren diesem, meinem genetischen Zwilling, gegenüberzustehen. Das muss ein unglaubliches Gefühl sein.

Aber, was sind 100.000 Euro gegen ein Menschenleben?

Warum ist dieses Geld nicht ganz selbstverständlich da?

Solche Fragen wollen mir einfach nicht aus dem Kopf gehen.

Wir hatten in dieser Zeit auch in unserem privaten Umfeld ein wunderbares Team von Freunden und Bekannten um uns. So viele riefen regelmäßig an, fragten, wie es uns geht, ob sie etwas für uns tun können. Ganz sicher fiel es manchem nicht leicht.

Wir waren unendlich dankbar dafür.

Ich hörte Xavier Naidoo, bei dessen Konzert wir vor einigen Jahren gemeinsam mit Benni und Jule waren.

»Was wir allein nicht schaffen, das schaffen wir dann zusammen«, singt er in seiner unverwechselbaren Art. Er hat Recht, das schaffen wir zusammen, nur so kann es gehen. Das war unser Lied, ich hatte das Gefühl, er kannte unsere Geschichte.

Es gab aber auch tatsächlich Menschen, nahe Menschen, die es nicht ein einziges Mal schafften, sich danach zu erkundigen. Ich fand das wirklich hammerhart. Mir wurde erklärt, ich müsste das verstehen und akzeptieren, manche Menschen möchten sich eben nicht mit den Sorgen anderer belasten und brauchen das auch nicht.

Hoffen wir nur, dass sie niemals in eine solche Situation kommen.

Kann sein, dass sich dann auch niemand damit belasten will.

Dann tut es doppelt weh.

MHH – Ägypten und Silvester 2000

Gegen 12.00 Uhr kamen wir in der MHH an. Wie jedes Mal beschlich uns ein beklemmendes Gefühl. Wir waren aber auch froh, da zu sein. Wie wird es Benni heute gehen?

Benni saß auf dem Bett und stocherte in seinem Mittagessen herum.

»Hier Vaddern willst du?«

»Nein lass mal, iss du, das sieht doch gut aus.«

Benni störte schon der Geruch. Wir packten aus, was wir mitgebracht hatten. Eigentlich brauchte und wollte er nichts, er wollte nur raus hier, nachhause und selbst was Leckeres kochen.

Wir saßen am Bett und meine Gedanken wanderten zurück, unser erster gemeinsamer richtiger Urlaub: Ägypten 1999 …

Badeurlaub in Ägypten, Weihnachten bei 30 Grad im Schatten. Eine Woche abschalten und was erleben, wir vier! Wir wünschten uns nichts anderes.

Jule und Benni machten die Nächte dort zum Tag und waren auf Achse, wir genossen das Gefühl, eine richtige kleine Familie zu sein. Der Genuss ließ etwas nach, wenn Andy regelmäßig nachts »die Kinder« suchte in der riesigen Anlage. Ach ja, sie waren ja keine Kinder mehr, kurz vor dem 16. Geburtstag, da kann man schon mal losziehen. Billard spielen, Wasserpfeife rauchen, das ganze Programm nahmen sie mit. Gut, dass wir nicht alles wussten.

Eigentlich wollten wir beiden frisch Verliebten uns auch mal um uns kümmern. Das interessierte aber niemanden wirklich.

»Kümmert euch doch um euch und nicht um uns, das kann uns nur recht sein«, dachtet ihr wohl.

Andy ging dann doch lieber auf Suche. Man kann ja nie wissen.

Auf dem Programm stand auch ein Ausflug mit dem Jeep in die Wüste. Es wurde Nacht, Jule erklärte uns den Sternenhimmel, das hatte ihr der Astrolehrer am Gymnasium super beigebracht. Wir waren alle irgendwie verzaubert, die Sterne glitzerten viel heller als bei uns. Und die Mondsichel lag falsch herum.

Um den Ritt auf dem schaukeligen Kamel konnte ich mich drücken, ich war schließlich frisch operiert.

Gott sei Dank, eine super Ausrede.

Die anderen drei waren mutig – hätten auch nie zugegeben, dass sie zumindest Herzklopfen hatten. Ganz schön hoch, so ein Kamelrücken.

Nach ein paar markigen Sprüchen ritten sie los, ich blieb allein mit den Einheimischen in der Wüste zurück. »Fallt bloß nicht runter und kommt bitte bald wieder«, dachte ich doch etwas besorgt bei mir.

Wir schnorchelten und buchten auch eine Fahrt mit dem Spezialtouristenboot, um die einheimische Unterwasserwelt bewundern zu können.

Das war nicht Bennis Tag.

Er hatte heute Pubertät und zog ein Gesicht, zum Gruseln. Eigentlich fast schon wieder zum Lachen.

Die Fische kamen in Scharen an unser Fenster, die Ägypter machten manches Späßchen, sie bemühten sich wirklich redlich, die Touristen zu erfreuen. Es nutzte nichts, Benni hatte heute Pubertät.

Nachdem dieser »Anfall« vorbei war, kam der »Heilige Abend« im Morgenland. Wir schmissen uns in Schale, brachten in fünf Minuten die Bescherung auf dem Zimmer hinter uns und besuchten dann die Weihnachtsveranstaltung des Hotels. Busse karrten uns in einen Saal voller Touris.

Was war das für ein Spaß. Das Büfett war super, mit brennenden Eisvariationen zogen die Kellner durch den Saal. Oh, welch eine Überraschung, plötzlich flogen aus den oberen Rängen Weintrauben, Apfelsinen und sonstige Leckereien auf die Bühne.

Wir trauten unseren Augen nicht, aber es kam tatsächlich von den gut zahlenden Gästen in den oberen Rängen. Benjamin und Jule gingen mal nachsehen, es waren keine Jugendlichen, die sich dort produzierten, es waren ganz normale ausländische Touristen. Die mit ganz viel Geld.

Nach ein paar Runden Billard und dem Abchecken der Location kamen sie zum Glück zurück. Heute Nacht brauchte Andy mal nicht loszuziehen, um sie zu suchen. So ein Urlaub in Ägypten ist doch abenteuerlich.

Viel zu schnell vergingen die Tage, Bennis Stimmung ging auf und ab und wir zogen alle Register, ihn bei Laune zu halten. Was war bloß los mit dem Bengel?

Dann ging es zurück in die Heimat, der Jahrtausendwechsel stand vor der Tür. Den wollten wir gemeinsam mit Freunden und der ganzen Familie in Berlin erleben.

Am 30. 12. 1999 flogen wir zurück nach Hause. Am Flughafen erwartete uns Opa Wolfgang in traditioneller arabischer Tracht. Die Überraschung war gelungen.

Ich aber war am Ende. Ich musste nur noch heulen.

Unser erster gemeinsamer Urlaub, Weihnachten in Ägypten

Benni

Überraschung: ein »arabischer Opa« am Flughafen

Für die Riesen-Silvesterparty war noch viel zu erledigen, es musste Rauch besorgt werden, Patrick kam aus Karlsruhe und diese Party sollte für alle unvergesslich werden.

So war es auch. Alle Freunde hatten, genau wie wir, ihre Eltern und Kinder mit dabei, Schwiegereltern, ehemalige Schwiegereltern, alle waren friedlich vereint.

Benni ward den ganzen Abend nicht gesehen, er zündete mit Bruder Patrick vor der Tür eine Rauchbombe nach der anderen.

Leider war an diesem Abend der Nebel in Berlin so dicht, die Wirkung war wohl nicht die erhoffte. Trotzdem schafften es die Brüder, die Sperrung der Kreuzung wegen zu viel Nebel und null Sichtweite zu erreichen. Was will man mehr.

Wir wünschten uns alle Glück am 01.01.2000 um Mitternacht, die frisch Verliebten und die alten Hasen, die Kinder und Eltern.

Auch Gesundheit wünschten wir uns – aber das war wohl eher nebensächlich, wir hatten davon schließlich reichlich.

Wir wünschten uns Geduld und eine schöne Zukunft, vor allem für die Kinder …

Benni fuchtelte mit einem eingeschweißten Küchlein vor meiner Nase herum: »Hier Frauke, das ist doch was für dich, kannst du essen«, grinste er. Ihm schmeckten nach 130 Tagen im Krankenhaus wohl die eingeschweißten Küchlein nicht mehr. Ich wollte auch nicht: »Danke, Benni, vielleicht später.« Irgendwie verging mir der Appetit.

»Wollen wir was spielen?« Ich hatte die Frage schon befürchtet, aber was sollten wir auch sonst anstellen in dieser Mikro-Welt, Station 42. Eine kleine Ecke auf dem Stationsgang war wie so oft unsere. Durch das Fenster schien die Herbstsonne. »Bald wirst du auch mal rauskommen, Junge, deine Leukos sehen doch schon ganz gut aus«, dachte ich bei mir, sagte aber lieber nichts, bloß nicht dran rühren.

Zu erzählen gab es nicht so viel, wir telefonierten ja jeden Tag, die großen Miteinander-Redner waren die beiden Männer auch noch nie. Darum versuchte ich oft, den Alleinunterhalter zu spielen und lustige Storys aus unserem Alltag zum Besten zu geben. Ich spielte meine Rolle ganz gut, Benni nahm Anteil an unserem Leben draußen. Ich wusste auch, am spaßigsten fand er es, wenn ich Pannen von mir erzählte. z. B. wenn ich mal wieder voll in Adeles Haufen getreten war, »aus Versehen« eine ganze Tafel Schokolade verspeist hatte oder mich beim Kochen zu blöd angestellt hatte. Das war nach seinem Geschmack, entsprechend schmückte ich meine Erzählungen aus. »Lach ruhig, gern auf meine Kosten, Hauptsache du lachst mal und bist abgelenkt.«

Irgendwann abends brachen wir auf. Diesmal blieben wir über Nacht. Benjamins Freundin hatte ihre kleine Wohnung wieder für uns geräumt, wir hatten dort vom ersten Tag an unseren Stützpunkt eingerichtet. Warum ist es nur so kalt hier in Hannover, die Heizung in der Wohnung war wie immer abgedreht. Sparen war angesagt, wenn Benjamin wieder gesund ist, haben die beiden noch viel vor, da musste jeder Cent gespart werden. »Andy, kannst du nicht heimlich die Heizung aufdrehen, ich friere so …«

Wir trafen uns mit den Hannoveranern und gingen noch in ein indisches Restaurant. Uns plagte das schlechte Gewissen, wir sitzen hier, essen vom Büfett und trinken Bier. Wir wussten schon, dass Benni morgen alles ganz genau wissen wollte. Was habt ihr gegessen, worüber habt ihr geredet …?

Wir erzählten am nächsten Tag alles und waren erleichtert,

dass er sich ehrlich mit uns freute, dass der Tag noch so einen guten Abschluss hatte.

Auf der Rückfahrt im Zug redeten wir wie immer wenig, die Akkus waren leer. Und wir wussten, wenn wir nachts nachhause kommen, geht es noch mal richtig los. Der Anrufbeantworter würde wie jedes Mal wie wild blinken, wir mussten noch organisieren, E-Mails verschicken und nebenbei die Dinge tun, die normale Menschen an einem normalen Wochenende so erledigen. Wir schafften das irgendwie und waren meist gegen Mitternacht im Bett. Fünf Stunden Schlaf mussten reichen.

Typisierungsaktionen im Berliner Olympiastadion

Dienstag, 19. Oktober 2004
Mittwoch, 20. Oktober 2004

Ich war ziemlich aufgeregt. Nach großen Ankündigungen in der Berliner Tagespresse sollten nun die Menschen zum neuen Amateurstadion auf dem Hertha-Gelände kommen, um sich typisieren zu lassen. Wir hatten alle Kräfte mobilisiert, um diese Aktion zu unterstützen. Von dem Engagement, das Hertha BSC zeigte, waren wir schon vorher etwas überrollt worden.

Früh hatte ich noch eine große Klausur in Potsdam zu absolvieren, das musste ich mal wieder nebenbei erledigen. Irgendwie ging es ganz gut. Unglaublich, was so ein menschliches Gehirn alles abspeichern und bei Bedarf abrufen kann. Zumindest bei mir hatte es mal wieder geklappt. Als ich Wochen später die Klausur las, staunte ich nur.

Das soll ich geschrieben haben? Kam mir alles fremd vor – war aber eindeutig meine Schrift. Alles verdrängt, wahrscheinlich zum Selbstschutz, gut so, sonst würde man wohl durchdrehen.

Andy holte mich vom Platz vor dem Olympiastadion ab. Wir liefen den weiten Weg vom Parkplatz zu den Räumen, in denen alles stattfinden sollte. Der Weg nahm kein Ende, fand ich. Ein weiter Weg. Würden die Freiwilligen so weit laufen, ihre Zeit opfern und uns überhaupt finden? Als wir ankamen, begrüßten uns Kay, die Fanbeauftragten und die Leute von Hertha und dem NKR, die in starker Besetzung angereist waren, sehr herzlich.

Auch die Familie war da, Bennis Mutter Regina mit ihrem Lebensgefährten, Oma, Opa, Onkel, Tante und viele Helfer.

Wir hatten ein Dankeschönschreiben vorbereitet, das musste zuallererst an die Türen geklebt werden. Das war mir immer sehr wichtig. Ich fand das alles nicht selbstverständlich, was die Leute taten, um zu helfen.

Dann schauten wir uns um und besprachen noch einmal die Einzelheiten. Es müssten noch mehr Hinweisschilder angebracht werden und vielleicht ein Shuttle vom Parkplatz zum Amateurgelände, wäre das möglich?

Kein Thema, die Verantwortlichen der Geschäftsstelle klemmten sich ans Handy und innerhalb weniger Minuten lief alles an. Auch mit Privatautos wurden Leute herangefahren, die am Eingang des Olympiastadions angesprochen wurden und sich zur Blutentnahme bereit erklärten.

Ich hoffte inständig, sie taten es auch wirklich aus ganzem Herzen. Denn mit dem viel besagten kleinen Pieks war es im

Ernstfall nicht getan. Ich meinte, auch das sollte jeder wissen, der sich typisieren lässt. Da durfte man nichts kleinreden.

Die Zusammenarbeit zwischen allen Beteiligten verlief reibungslos, wir wurden immer besser und wäre der Anlass nicht so ein trauriger, hätte es richtig Spaß gemacht.

In vielen Umkleidekabinen den langen Gang entlang hatten sich die Krankenschwestern und Pfleger ihren kleinen »Arbeitsplatz« eingerichtet. Unter ihnen auch wieder Bennis Mutter und ihr Lebensgefährte sowie eine langjährige Freundin, sie kannte Benni schon seit seiner Geburt. Auch für sie war es ganz selbstverständlich, zu helfen. Sie unterbrach ihren Umzug, in dem sie gerade steckte, und brachte gleich noch eine Freundin »zum Zapfen« mit.

Jede Fachkraft wurde gebraucht.

Auch eine Großkusine von Benni war in den letzten Wochen schon unheimlich aktiv für die Spendenaktionen unterwegs. Sie zapfte Blut bei Basketballturnieren, Eishockeyspielen und vielen anderen Anlässen. Wir bekamen das gar nicht mit, erst später hörten wir davon. Aber sie war wieder dabei und hatte Freunde im Schlepptau, die sie mit dem inständigen Wunsch zu helfen angesteckt hatte.

Es herrschte ständig Andrang an den Tischen zum Typisieren. Die Mitarbeiter der Geschäftsstelle kamen nach und nach. Die Presseleute, die sich langsam einfanden, setzten sich wie selbstverständlich zuallererst an den Platz zur Blutentnahme. Beim Team des NKR erhielten sie vorher ihre Sets, unterschrieben die Einverständniserklärungen und suchten sich dann einen freien Platz. Alles wurde in die Computer eingegeben und es lief wie am Schnürchen.

Immer mehr Aufregung lag in der Luft, das Fernsehen (RBB) rückte mit Kameras an, die Presseleute bezogen Position. Scheinbar war die Prominenz im Anmarsch. Wir hatten schon davon gehört, dass auch die Herthaspieler, Trainer und Geschäftsführer, allen voran Dieter Hoeneß, kommen wollten.

Ich glaubte das nicht. Die hatten doch bestimmt Wichtigeres zu tun.

Plötzlich begann am Eingang ein leichtes Gerangel um die besten Plätze, und da marschierten sie ein: Dieter Hoeneß, Zecke Neuendorf, Arne Friedrich, Falko Götz und fast die komplette Mannschaft – viele, die ich vom Sehen noch nicht kannte.

Die Helfer lotsten die Ankömmlinge an die entsprechenden Plätze. Benjamins Mutter sollte sich höchstpersönlich um Hoeneß und Zecke kümmern, das gibt eine schöne Story. Warum nicht, Hauptsache die Leute kommen zum Typisieren.

Ein Blitzlichtgewitter begann, Interviews wurden geführt und ich mittendrin. Ich wollte auch ein paar Fotos machen, denn jeder wusste, ich würde, wenn Benni gesund ist, diese Erfolgsstory aufschreiben.

Für alle, die dabei waren.

Außerdem wollte ich Benni so viel wie möglich darüber berichten und Bilder von all dem, was wir hier erlebten, zeigen.

Das musste ihm doch Kraft und Mut geben, dachte ich. Nicht zuletzt wollte ich mich auch irgendwie nützlich machen, solange ich nicht Blut zapfen musste, war ich zu allem bereit.

»Mir ist schlecht.« Das Blut wollte und wollte nicht fließen bei Nando Rafael, dem Herthaner. Es war eine Quälerei für ihn und auch für den Doktor, der sich an ihm die »Zähne ausbiss«. Beiden stand der Schweiß auf der Stirn.

»Aber ich habe geträumt heute Nacht, dass ich der Richtige bin für Benjamin, darum muss ich das aushalten«, meinte der tapfere Mittelfeldspieler der Hertha. Ich brachte ihm schnell was zu trinken, was dankenswerterweise kostenlos für alle zur Verfügung stand, und setzte mich einen Augenblick zu ihm.

»Das wird ja was, wenn du der Richtige bist, nicht dass Benni dann schwarze Locken bekommt«, scherzte ich und alle lachten sich bei dem Gedanken daran die Angst vom Herzen.

Zuvor waren die Amateure mit ihren Trainern gekommen. Später, als wir Benni die vielen Fotos zeigten, sah er sich selbst mitten unter den Leuten.

»Wer war das, der sieht ja aus wie mein Doppelgänger.«

Es war ein Trainer der Jugend. Ich betete, dass er der Richtige sein möge, wenn er schon äußerlich so viel Ähnlichkeit hat, könnte er doch gut der genetische Zwilling sein. Bald würden wir es genau wissen.

»Es ist selbstverständlich, dass wir helfen, wo wir können«, sagte Manager Dieter Hoeneß im Namen aller Herthaner in Richtung der Mikrofone. »Auch den zahlreichen anderen Leukämiekranken gibt dies eine neue Chance, den passenden Spender zu finden.«

Das RBB führte mit Andy ein Interview, es war hart für ihn, aber es musste sein, je mehr Leute davon erfuhren, umso mehr würden sich als Spender zur Verfügung stellen. Schon am selben Abend erschien der Bericht im Regionalfernsehen Berlin-Brandenburg. Wir sahen die Sendung nicht, wir waren zu der Zeit noch gar nicht zuhause, aber unser Anrufbeantworter meldete uns die große Resonanz hier in unserem Umfeld.

Erschöpft, aber mit einem guten Gefühl kamen wir spät abends zuhause an. Die Bilanz an diesem Tag: Neben den Spielern, Mitarbeitern, Trainern und Verantwortlichen von Hertha BSC kamen zahlreiche Fans aus allen Ecken Berlins und Brandenburgs, aber auch Berlinerinnen und Berliner, die nichts mit Fußball am Hut hatten.

Und die »Harlekins« geschlossen, so wie es Kay von ihnen erwartet hatte. Auch Schulfreunde von Benni, Fußballkumpels und Freunde von uns ließen es sich nicht nehmen, ins Stadion zu kommen. Am nächsten Tag sollte es so weitergehen. Durch die vielen Presseberichte in fast allen Tageszeitungen würden sicher noch mehr Leute den Weg in das Amateurstadion finden.

Bei der zweiten Aktion gingen wir alles etwas entspannter an. Es konnte nichts schiefgehen, wir brauchten nur da sein und helfen, alles andere hatten Lena, Kay, Daniel, die Leute vom NKR und die vielen Helfer im Griff. Ein gutes Gefühl. Selten hatte ich solch einen Zusammenhalt gespürt. Keiner, der meckerte oder ungeduldig wurde. Ich sagte es den betreffenden Leuten, sie freuten sich darüber, fanden es aber ganz normal. Ich nicht.

Als wir alle begrüßt hatten, saß an einem Tisch eine junge Frau, die mir schon am Tag zuvor bei ihrer Typisierung durch Regina aufgefallen war. Sie war sehr hübsch, freundlich und erzählte von ihrem Sohn, der auch Benni heißt und zu dieser Zeit in London lebte. Am Vortag hatte sie gemerkt, dass jede Hand gebraucht wurde und so bat sie, selbst Krankenschwester, kurzerhand ihren Chef um Urlaub. Es klappte und sie saß nun auch am »Zapftisch«. Bei jedem Spender bedankte sie sich persönlich, sie war einfach ganz rührend. »Ich bin gekommen, um zu geben, nun habe ich so viel bekommen«, meinte sie, als wir uns verabschiedeten. Wir tauschten die Adressen aus. Sie hieß Dörte, Dörte Bodenschatz. Sie war wirklich ein Schatz. So wie auch all die anderen Helfer, die sich kaum eine Pause gönnten. Und deren Namen wir nicht kannten. Wir versuchten sie alle wenigstens mit dem Nötigsten zu versorgen, um sie bei Kräften und bei Stimmung zu halten. Oma Dagmar hatte frisch geerntete Äpfel aus dem Garten mitgebracht, sie waren köstlich und fanden reißenden Absatz bei den erschöpften Helfern.

»Wenn der 1000. Spender kommt, sagt Bescheid – dann lassen wir die Sektkorken knallen«, meinten die Jungs optimistisch. 902 gefüllte Blutröhrchen hieß die Bilanz am Ende des zweiten Tages. 902 potenzielle Lebensretter und 902 Gerettete, so lautete meine Rechnung. Den Sekt heben wir auf, bis Benni wieder gesund ist. Dann laden wir alle ein, die dabei waren, und machen eine Riesenparty bei uns. Tausende sollen dann kommen und mit uns unsere Freude teilen. Im Organisieren von Festen waren wir ja berufs- und vereinsbedingt geübt. Wir wussten auch eine starke »Mannschaft« hinter uns, die dann mithelfen würde. Das wird eine richtig tolle Party. Vielleicht sogar mit unserer Lieblingsband »Belmondo«. Ich freute mich schon jetzt darauf.

»Aufgrund der überwältigenden Resonanz haben wir uns dazu entschlossen, im Rahmen des Spiels gegen den BVB Dortmund am 26.10.04 nochmals die Möglichkeit der Typisierung anzubieten«, sagte Hertha-Manager Dieter Hoeneß den Presseleuten.

Na dann: Auf zur dritten Runde im Olympiastadion.

Lena L. von Hertha BSC und Kay B. von den »Harlekins« hatten alle Fäden fest in der Hand

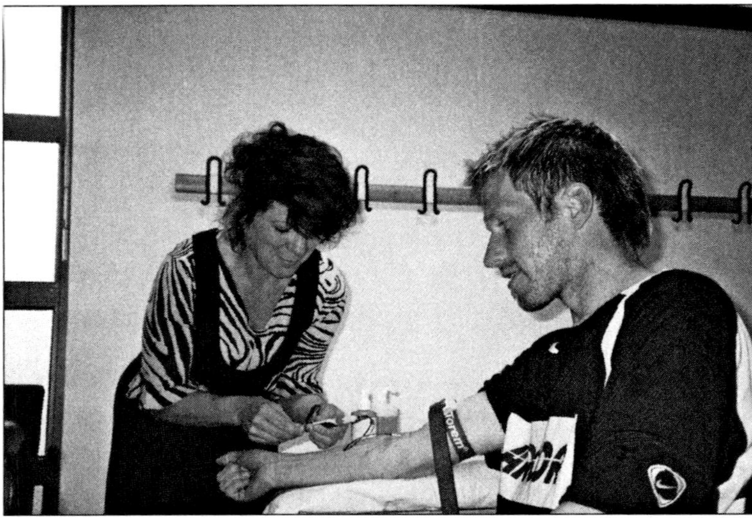

Bennis Mutter Regina mit »Zecke« Neuendorf

Anstehen

Und noch einmal im Olympiastadion

26. 10. 04

Wir sollten wieder dabei sein, das NKR kam diesmal vertreten durch die Pressesprecherin und die Leiterin des NKR Dr. Marlena Robin Winn aus Hannover angereist.

Uns bot man an, am Abend in der VIP-Longe diskret Geld zu sammeln für die anstehenden Typisierungen. Das fanden wir sehr nett, es war uns mal wieder fast unangenehm.

Sollten wir die Leute dort wirklich belästigen?

Die Damen des NKR sollten uns dabei unterstützen. Eigentlich wohl eher wir sie, sie waren die Fachleute. Sie schwärmten jedoch aus, um Kontakt zu knüpfen, was natürlich oft mehr wert ist als bares Geld. Sie trafen den Verteidigungsminister, den Berliner SPD-Vorsitzenden, der sich auch typisieren ließ und viele andere wichtige Menschen. So berichteten sie uns zumindest in kurzen Sätzen zwischendurch. Wir zwei standen jeweils auf einer Etage des neu erbauten VIP-Bereiches einsam und verlassen mit unseren Spendenboxen und Aufklärungsflyern am Stehtisch, um für das NKR zu werben.

Inmitten der Reichen und Schönen. Diese hatten sich für viel Geld einen Platz und einen schönen Abend inklusive Herthaspiel und Büfett gekauft. Meist liefen sie geschäftig an uns vorbei.

Herthas Pressemann kam vorbei, um uns Mut zu machen. Er steckte mal wieder Geld in die Spendenbox, aber auch ihm war der Zweifel an der Richtigkeit dieser Aktion an diesem Ort anzumerken. Andy, der eine Etage tiefer stand, hatte Tränen in den Augen. Ich ahnte es, sein Gesichtsausdruck und seine Körperhaltung sprachen Bände.

Er schickte mir eine SMS: »Das interessiert hier kein Schwein.«

Ich sah das auch so und verstand seine Verzweiflung. Das hier war nicht der richtige Ort und Zeitpunkt für uns. Gut gemeint, aber es zog uns völlig runter.

Wir waren erschöpft, ausgebrannt.

Man muss es ja auch nicht erzwingen.

Vielleicht sollten wir lieber Fußball gucken von der Tribüne aus. Solche Plätze bekommen wir nie wieder. Unbezahlbar.

Essen und Getränke vom Büfett sollten wir uns nehmen, so viel wir wollen, meinten die freundlichen Leute von Hertha.

Danke, keinen Appetit. Eine Cola vielleicht.

Wir trauten uns nicht weg von unseren Stehtischen.

Als wir dann irgendwann doch kurz vor die Tür traten und auf das erleuchtete Spielfeld schauten, war ich überwältigt.

Nicht nur von der Atmosphäre, dem Licht und dem Spiel natürlich.

Es war etwas anderes!

Bennis Freunde, die »Harlekins«, hatten in der Fankurve ein riesiges Banner über die Bande gespannt.

»KÄMPFEN BENNY!!« stand darauf.

Es haute mich um.

»Das gibt's doch nicht!«

Meine Gefühlswelt in diesem Augenblick lässt sich nicht beschreiben. Ich ließ die Tränen rollen. Wir mussten es schaffen, alle gemeinsam!

Ohne Worte

Danach hingen immer wieder, auch in unzähligen anderen Stadien, Banner mit Aufschriften wie: »Auf zum Endspurt, wir tragen dich ins Ziel.« Oder: »Ganz Deutschland steht hinter dir!«

Sie sollten Benni Mut und Kraft geben, oft entdeckte er sie beim Bundesliga-Gucken im Fernsehen von seinem Krankenhausbett aus. Natürlich freute er sich wahnsinnig und war voller Stolz, solche Menschen hinter sich zu haben.

In den Stunden davor waren vor der Ostkurve wieder die unermüdlichen Helfer vor Ort, um Freiwillige zu typisieren und Geld zu sammeln. Diesmal standen 14 zukünftige Rettungsassistenten der Rettungsassistentenschule der Bundeswehr bereit. Alle in Uniform und ganz zackig. Auch Bennis Großkusine Nicole war wieder da.

Wir versuchten zu helfen, reichten Getränke und führten die Leute an die freien Plätze. Viele fragten auch ganz persönlich nach Benni und wann er endlich wieder ins Stadion kommt. »Bald Jungs, bald, spätestens in einem Jahr. Dann wird er wieder vollkommen gesund sein.« So viele Hertha-Fans friedlich vereint mit Dortmundern in voller Montur, alles der guten Sache zuliebe. Dass das so geht, ich hätte es vorher niemals geglaubt.

Was alles danach noch an Hilfe und Sammelaktionen geschah, kann ich hier leider nicht wiedergeben. Es ist zu viel für ein Buch. Vieles, was in den Stadien lief, hielt ein Mann in unserem Alter auf Fotos fest. Er hieß MIC und war fast überall vor Ort, wenn Aktionen für Benni liefen. Auf seiner Internetseite fanden wir immer wieder unzählige Bilder von Spendenaktionen im ganzen Land, die uns sehr bewegten.

Bild: hertha-inside.de

Spendenhotline
Unter der Rufnummer **0900/11 01 19 6** wurde eine Spendenhotline eingerichtet. Jeder Anruf kostet 2 EUR, das Geld wird zu 100% auf das Konto des NKR überwiesen.

Newsticker
+++ Fan Magazin "Blue Light" (SC Paderborn 07) spendet 450 Euro +++ Auktionen für Benny +++ Berlin: Gesammelte Pfandbecher ergaben mehr als 2.500 Euro +++ Worms: Fans spenden 573,70 Euro +++ Werder Bremen: Fans sammeln 1735,40 Euro +++ Fanclub „Hertha-Freunde '92 e.V sammelt bei Weihnachtsfeier 188,80 Euro +++ „Helft Benny"-Werbebande beim FC St. Pauli +++ Kiel sammelt am 11.12. +++ Schweinfurter Eishockey-Fans sammeln 124,50 Euro +++ VfB Stuttgart-Fanclub Infusion1893 spendet 250 Euro +++ Sammelaktionen am Wochenende unter anderem in Berlin und Karlsruhe +++ 180 Personen Personen bei Typisierung in Hämelerwald +++ Hannover: 1.090 Menschen beteiligen sich an Typisierungsaktion +++ Eishockey: 314,85 Euro durch Fans von Moskito Essen +++ Fürther Fanclubs spenden 555 Euro +++ Fans des VfL Osnabrück sammeln 1750 Euro +++ Hilfe aus Frankfurt +++ Unterstützung aus Fürth +++ Burghausen: 302 Typisierungen beim Spiel gegen Duisburg +++ WSV-Fans sammeln im Dezember +++ Spendenaktion in Dortmund brachte 2.500 Euro

07.12.2004 - Immer mehr Auktionen für Benny
Ob Trikots von Hertha, Hannover oder dem KSC, ob Schalke-Postkarte oder Rostock-Fahne – immer mehr Auktionen werden bei Ebay zu Gunsten von Benny durchgeführt. Eine Übersicht findet sich hier:
http://www.stadionwelt.de/fans_helfen/index.php?template=auktionen

07.12.2004 - Berlin: „Bechern für Benny" erfolgreich
Die Bechersammelaktion der Berliner Fans beim Spiel Hertha BSC gegen Borussia Mönchengladbach brachte 2550,- Euro. Dabei wurden von den Zuschauern die Pfand-Becher an eigens eingerichteten Sammelstellen abgegeben und anschließend durch freiwillige Helfer umgetauscht. Auch die Gästefans führten eine Aktion "Penny for Benny" durch.

Unzählige Spendenaufrufe und Hilfsaktionen in den Stadien, ein winziger Auszug

Der neue alte Job

November 2004

Der Regen prasselte gleichmäßig gegen die Scheiben des alten ehrwürdigen Rathauses. Die Sonne versteckte sich hinter den grauen Wolken und es war kalt. Es war November.

Ich saß in meinem winzigen Büro und arbeitete an einem Artikel für den Bürgermeister. Auch tausende andere Sachen waren noch zu erledigen und ich hoffte, die Technik würde mir heute an diesem Herbsttag wohlgesonnen sein. Ich mochte ja dieses Wetter und stand mit meiner Einstellung oft ziemlich allein da.

Plötzlich stürmte mein Chef mit langen Schritten in meine kleine Bürowelt.

»Frau Roschitz, wir müssen reden.«

»Was ist denn nun wieder schiefgegangen?«, grübelte ich besorgt.

Na, mich kann eigentlich nichts mehr erschüttern. Ein »Trojaner«, ein vergessener Termin? Oder ein falscher Zungenschlag in einem Artikel? Damit konnte man, das hatte ich schnell gelernt, viel Unheil anrichten. Es jedem recht zu machen, war sowieso unmöglich.

Durchatmen, wird schon nicht so schlimm sein und den Kopf hatte der Bürgermeister noch niemandem abgerissen. Also!

»Mit einem lachenden und einem weinenden Auge kann beziehungsweise muss ich Ihnen ein Angebot machen.« Na da bin ich ja gespannt. »Ich weiß, dass Ihr Herz immer noch an Ihrem erlernten Beruf als Erzieherin und bei den Kindern hängt. Das habe ich oft beobachtet, wenn sie mit Kindern zu tun hatten oder von früher erzählten. In der kommunalen Kita in Ihrem Ortsteil ist eine Stelle zu besetzen. Wir könnten Sie umsetzen, auch wenn ich es nicht gern tue. Ihre jetzige Stelle im Rathaus muss demnächst wegen Sparzwängen auf die Hälfte gekürzt werden. Überlegen Sie es sich. Bis morgen.«

Und schon hetzte er zum nächsten Termin. Weg war er.

Damit hätte ich niemals gerechnet, je wieder in meinem geliebten Beruf als Erzieherin zu arbeiten. Sonst hätte ich mir ja wohl nicht diese zweijährige Verwaltungsausbildung angetan. Zwei Jahre lang nebenbei büffeln, wöchentlich nach Potsdam düsen, die Nächte mit dem BGB und Verwaltungsvorschriften im Bett verbringen. Aus dem Stand Kommunalrecht und Finanzwesen verstehen, das war nicht ohne.

Andy hatte mich dabei immer sehr unterstützt, mir vieles abgenommen, um mir die Zeit zum Lernen freizuschaufeln – ob ich wollte oder nicht. »Irgendwann mache ich es wieder gut, mein Schatz«, sagte ich oft zu ihm, wenn er in der Küche stand und ich die Nase in die Bücher stecken musste. Das alles natürlich vor dem Tag X, danach lief alles irgendwie nebenbei. Nun stand ich kurz vor den Abschlussprüfungen. O.k. ich schlaf darüber.

Zuhause beriefen wir eine Beratung ein. Unsere Freundin Angelika, als ehemalige Kollegin in der Kita sozusagen kompetente Fachfrau in dieser Entscheidung, wurde zu Rate gezogen. Vor- und Nachteile aufschreiben, diese bewährte Methode brachte schnell Klarheit. Würde ich es noch können? Sechs Jahre in der Verwaltung, das prägt doch den Menschen. Dort werden völlig andere Anforderungen gestellt. Vieles, was bei der Arbeit mit Kindern eindeutig von Vorteil ist, wie Lockerheit, Großzügigkeit, Spontaneität und Kreativität, macht sich beim Umgang mit Gesetzen und Vorschriften nicht immer gut. »Ja, Herr Schulze, ich habe Verständnis dafür, dass Sie diese Genehmigung nicht einholen möchten und auch die Gebühr nicht zahlen wollen. Kein Problem, Sie hatten einen schweren Tag. Es geht auch ohne behördliche Erlaubnis. Natürlich. Wenn Sie heute keine Lust dazu haben, wir schauen mal, wie Sie sich in der nächsten Woche so fühlen. Eventuell kann ich Sie doch noch motivieren, lieber Herr Schulze.«

Oder ich lass mir andere Methoden einfallen, vielleicht so:

»Wollen wir uns lieber draußen erst mal ein bisschen austoben, die frische Luft wird Ihnen gut tun!«

Na das wäre ein Spaß im Umgang mit dem Bürger und Kollegen. Oder umgekehrt: »Immer schön den Dienstweg einhalten, liebes Mäxchen, ich muss erst meine Vorgesetzten, natürlich unter Einhaltung des Dienstweges, fragen. Ich sag dir nächste Woche Bescheid, ob du diese Schippe haben darfst.

Vielleicht sollten wir es besser schriftlich beantragen, ob Lieschen Müller heute Tischdienst macht, obwohl sie es in der vorigen Woche schon war. Allerdings, gemäß OBGB/U Paragraf 0815, Verwaltungsvorschrift XY, Richtlinie für Materialzuweisungen, hätte ich einen gewissen Ermessensspielraum. Wir werden zunächst die Anhörung von Lieschen Müller abwarten.«

»O.k., ich machs«, verkündete ich am nächsten Morgen meinem Chef. »Aber die Prüfungen absolviere ich noch. Den Abschluss muss ich durchziehen.« Wer weiß, was mich im Leben noch erwartet. Wenn das so weitergeht, habe ich noch mindestens 23 Jahre zu arbeiten. Zwischen 65 und 70 würde ich dann eventuell auf meinen zweiten Beruf ausweichen wollen oder müssen.

Nun ging alles ganz schnell, ich fing an, mein erst kürzlich eingerichtetes Mini-Büro zu räumen.

Ich ging wieder einmal daran, etwas gerade Aufgebautes hinter mir zu lassen und etwas Neues zu beginnen. Ich würde den täglichen Fahrweg sparen sowie weniger Stunden arbeiten müssen.

»Endlich werde ich etwas mehr Zeit haben für unseren Kampf mit Benjamin«, dachte ich.

Ich habe diese Entscheidung nie bereut. Meine neuen, »alten« Kollegen nahmen mich, ebenso wie die Kinder, mit offenen Armen auf. Die Arbeit mit den Kindern, diesen fröhlichen und ehrlichen Wesen, erfüllte mich und machte mir wie erwartet wieder viel Spaß.

Hannover ruft zur Spendenaktion

November 2004

Täglich erreichten uns Informationen und E-Mails, z. B. in dem von den »Harlekins« eingerichteten Gästebuch sowie unter www.stadionwelt.de, was alles bundesweit an Aktionen für Benni auf die Beine gestellt wurde. Wir dachten dabei auch immer an die anderen Leukämiekranken, die auf einen passenden Spender warteten und nicht das Glück hatten, so viel Hilfe zu erhalten. Sie würden hoffentlich ebenfalls von dieser Welle profitieren. Wir realisierten das alles nicht wirklich.

Unmöglich, an dieser Stelle auch nur einen Bruchteil der Hilfe aufzuzählen. Im Internet kann man auch jetzt noch viel darüber finden, und bis zum heutigen Tag erfahre ich immer wieder Neues. Vom Hausfrauenverein bis zu ganzen Schulen und Sportvereinen, alle wollten helfen und taten es mit ganzer Kraft und ganzem Herzen.

Auch die Hannoveraner Fußballfans riefen gemeinsam mit dem NKR zu einer großen Typisierungsaktion auf. Wir, die beiden Elternpaare, wurden dazu eingeladen. Am Sonntag, 28.11.2004 fand im »Courtyard Marriott Hotel« am Maschsee die Aktion statt. Der Hotelchef stellte seine Räume zur Verfügung und bot uns eine kostenlose Übernachtung in seinem Haus an. Das konnten wir gar nicht glauben, wir fanden es ungeheuer großzügig. Um die Organisation kümmerten sich die Hannoveraner und es lief perfekt. Die Menschenschlangen rissen nicht ab, über tausend Spendenwillige fanden sich ein. Die Wartenden mussten durch die Angehörigen und Freunde eingewiesen werden, um an einem der zahlreichen Tische ihr Blut zu geben. Jeder tat, was er konnte. Die freiwilligen Helfer ackerten bis zum Umfallen, die meisten kannten Benjamin gar nicht. Es wurden extra rot-blaue Schals angefertigt. Darauf stand: »Gemeinsam für Benni« und »Fans helfen« sowie die Symbole von »Hertha BSC« und »Hannover 96«. Sie wurden von den jungen Leuten überall im und am Stadion verkauft, auch hier kam der Erlös dem NKR zu Gute. Wir kauften auch einen großen Packen. Ich wollte sie später an einige der vielen Helfer verschenken. Einen der Organisatoren trafen wir während einer kurzen Verschnaufpause. Er erzählte, wie der Stein ins Rollen kam. Die Ausmaße hatte keiner vorher abschätzen können. Er hatte sich der Sache zuliebe überwunden und mit Leuten Kontakt aufgenommen, mit denen er eigentlich nie mehr im Leben zu tun haben wollte. Das erzählte er mir und ich war mal wieder beeindruckt. Alles Vergangene unwichtig, es zählte nur der Kampf ums nackte Überleben. Es ging um alles. Seine kleine Tochter hatte Geburtstag an diesem Sonntag, Papi würde es wohl erst zum Gute-Nacht-Küsschen schaffen. Er war einer von tausenden stillen Helden, denen ich mit diesem Buch ein Denkmal setzen möchte. Danke.

In den Straßenbahnen konnte man auf Fernsehern die Aufrufe lesen, die Hannoveraner Zeitungen forderten die Menschen auf, zur Typisierungsaktion zu kommen. Tausende Handzettel wurden verteilt.

»Vor dem 96-Heimspiel gegen den VfB Stuttgart können Fans sich Blut abnehmen lassen«, schrieb die »Bild-Hannover«. Mit der Redakteurin hatten wir am Telefon und parallel dazu mit Benni an jedem Wort gefeilt. Der Aschenbecher quoll über in jener Nacht, die Nerven lagen blank. Es musste sein, vielleicht konnte ja gerade hier der genetische Zwilling für Benni gefunden werden. Wir hofften es so sehr.

Gebt Benny die zweite Chance!

Zwanzigjähriger Hertha-Fan ist an Leukämie erkrankt. Wir suchen den „genetischen Zwilling".

Jährlich erkranken in Deutschland etwa 12.000 meist junge Menschen und Kinder an Leukämie oder anderen Blutkrankheiten. Viele können nur durch eine Transplantation von Blutstammzellen - auch Knochenmarktransplantation genannt - eines Gesunden gerettet werden.

Je mehr Menschen bereit sind, Stammzellen zu spenden, desto größer ist die Chance für Leukämiepatienten, rechtzeitig einen passenden Spender zu finden und durch eine Transplantation geheilt zu werden. Die Chance, dass eine Person sich für einen bestimmten Patienten als Stammzellspender eignet, liegt bei eins zu einhunderttausend.

Einer dieser jungen Menschen ist Benjamin!

Der 20-jährige Fußballfan aus Berlin zog vor ein paar Jahren zu seiner Freundin nach Hannover, um sich hier auf sein Abitur vorbereiten. Auch ihn und seine Familie hat die Nachricht von der Erkrankung wie aus heiterem Himmel getroffen.

Benjamins Schicksal hat inzwischen in der ganzen Bundesliga für Aufsehen gesorgt. Bundesweit kämpfen Fans und Vereine für Benny und führen Aktionen durch. Fans von Hertha BSC, dem Karlsruher SC, Alemannia Aachen, Union Berlin und vielen anderen Vereinen spenden ihre letzten Cents und lassen sich Blut abnehmen. Bereits 5.000 Fans haben sich bundesweit typisieren lassen.

Auch wir Hannoveraner wollen helfen!

Am 28.11.2004, vor dem Heimspiel gegen den VfB Stuttgart, können sich Hannoveraner von 11:00 bis 17:30 Uhr im Courtyard-Hotel neben dem Haupteingang der AWD-Arena typisieren lassen!

Wer sich durch die Abnahme seines Blutes (wenige Milliliter genügen) typisieren lässt, wird in eine Datenbank aufgenommen und steht weltweit für alle Leukämie-Patienten als potentieller Spender zur Verfügung. So steigt nicht nur für Benjamin die Wahrscheinlichkeit auf eine „zweite Chance"!

Typisieren lassen kann sich jeder Gesunde zwischen 18 und 59 Jahren, allerdings sollte man dabei bitte möglichst unalkoholisiert sein. Auch zu den unten genannten Öffnungszeiten kann beim NKR direkt täglich Blut gespendet werden.

Finanzielle Unterstützung ist wichtig!

Die Analyse einer Blutprobe kostet rund 50,-€ und muss ausschließlich aus Spenden finanziert werden. Die Krankenkassen beteiligen sich nicht daran! **Das NKR ist deshalb auf jede Spende angewiesen, um die Blutproben überhaupt analysieren zu können.**

Weitere Informationen unter **www.rotekurve.de** oder **www.nkr-mhh.de.**

NKR • Karl-Wiechert-Allee 3 • 30625 Hannover • Telefon: 0511-532-6447 • Fax: 0511-532-6448 • e-mail: info@nkr-mhh.de
Öffnungszeiten: Mo.-Do. 08:00-18:00 Uhr und Fr. 08:00-16:00 Uhr
Spendenkonto NKR e.V.: NORD-LB, BLZ 250 500 00, Konto-Nr.: 520 999

Sonntag, 28.11.2004
11:00 bis 17:30 Uhr
Courtyard Hotel am Maschsee

ROTE KURVE
FORUMUSER 96-FORUM
colorspeed
NKR
COURTYARD

Flyer für die Aktion in Hannover

Ich konnte mich zurückziehen auf das Hotelzimmer und endlich einmal lernen. Die Prüfungen in BWL standen kurz bevor und ich hatte das System des »Kosten-Leistungsrechnens« und den »Betriebs- Abrechnungsbogen« immer noch nicht kapiert. Als gelernter Kindergärtnerin wollte nicht in meinen Kopf, warum die Zahlen ständig hin und her geschoben werden mussten. »Soll« an »Haben« oder umgekehrt. Wozu das Ganze? Davon wird es doch auch nicht besser! Weniger ausgeben als man einnimmt und Ressourcen nutzen, das fand ich sinnvoller. Das interessierte leider niemanden und die Prüfung in wenigen Wochen konnte ich mit dieser Weisheit auch nicht bestehen. Also musste ich üben, am besten ohne über den Sinn nachzudenken. So rechnete ich stundenlang meine Aufgaben durch und irgendwann in diesem feinen Hotelzimmer machte es Klick. Das war ein Supergefühl. Durchfallen konnte ich nun nicht mehr. Beruhigend, irgendwie.

Das Schönste war, Benni durfte an diesem Tag raus aus der Klinik und mit Mundschutz die frische Herbstluft atmen. Damit hatten wir nicht gerechnet. Wir nahmen ihn einfach mit ins Hotel, er sollte eine Vorstellung von dem Unglaublichen bekommen, was hier für ihn passierte. Das würde ihm gut tun.

Und neue Kraft geben für das, was ihm noch bevorstand.

Benjamin und seine Freundin standen staunend in unserem vornehmen Zimmer im Hotel. Ob wir einfach tauschen und ihnen das Zimmer überlassen? Wir trauten uns nicht. Zu viele Teppiche und Keime. Und wie sollte das überhaupt gehen? Nein lieber nicht, was, wenn er entdeckt würde und sich die Presse auf ihn stürzte. Der Rummel war ihm so schon peinlich genug. Das wusste ich. Auch wäre es viel zu anstrengend gewesen. Also spielten wir ein wenig Katz und Maus mit den Leuten. Wollmütze tief ins Gesicht gezogen und mal einen Blick ins Foyer geworfen. Das machte Benni diebischen Spaß.

Keiner hatte ihn erkannt.

Dann fuhren wir gemeinsam durch den regnerischen Novembertag nachhause in die keimfreie Wohnung, wo er eine Nacht bleiben durfte. Wir redeten noch ein wenig, Jule und Freunde aus Karlsruhe schauten kurz in der Wohnung vorbei und sagten unserem Helden Hallo. Dann ließen wir das junge Paar allein und gingen zurück in unser Hotelzimmer, die anderen machten sich auf den langen Heimweg.

Ich schwor mir: Sobald Benni gesund ist, schenken wir ihm und seiner Freundin eine Nacht in diesem schönen Hotel mit Blick auf den Maschsee. Genau an dieser Stelle hatten sie sich vor vier Jahren zum ersten Mal gesehen, erzählten die zwei so ganz nebenbei. Wenn das kein Zeichen war.

Ein Tag in der Klinik

Benny lag auf seinem Bett und begrüßte uns lässig. Auch Patrick war wieder aus Karlsruhe angereist, um seinen Bruder zu besuchen.

Auf dem Nachttisch lag ein Original-Spielershirt von Hertha BSC.

»Wo kommt das denn her?«, fragten wir neugierig.

»›Zecke‹ Neuendorf hat es mir gegeben.«

»War das nicht der Spieler von Hertha BSC, der kleine Freche? Wie??«

»Ja, er war hier mit Kay, ganz normal und hat mich besucht.«

»COOL«, dachte ich, das ist ja toll. Bei den Typisierungsaktionen im Olympiastadion hatten wir mit einigen Spielern ein paar Worte gewechselt. Zecke war mir, neben Nando Rafael und Christian Fiedler, besonders aufgefallen durch seine Art, natürlich und voller Mitgefühl für unsere Situation. Dass es Zecke tatsächlich ermöglicht hatte, nach Hannover zu Benni zu fahren, rechnete ich ihm hoch an. Das gab Benni einen richtigen Kick. Das musste ihn doch wieder ein Stück voranbringen, wenn so viele hinter Benni standen, sogar die Spieler »seiner« Hertha. Ich bettelte, mal ein Foto machen zu dürfen von den drei Männern. Für später, wenn der gesunde Benni »Zecke« im Berliner Olympiastadion trifft. Mit Mühe und Not willigten sie ein.

Sogar Christian Fiedler, als Hertha-Torwart Bennis Idol, auch er stand ja in den letzten Jahren meist als Torwart auf dem Platz, rief unseren Helden in der Klinik an und fragte, wie es ihm gehe. Ein paar nagelneue persönliche Torwarthandschuhe schickte Fiedler direkt ans Krankenbett. Sie sollten zusätzlich motivieren. Die zwei unterhielten sich lange über Gott und die Welt. Man sah Benni, auch wenn er es sich nicht anmerken lassen wollte, die Freude darüber an.

»Erzähl doch mal.« Ich gebe es zu, etwas neugierig war ich schon. »Och, nichts Besonderes, ich hab ihn gefragt, auf wen ich bei Oddset tippen soll. »Natürlich auf Hertha, was sonst? Wir gewinnen garantiert das nächste Spiel.«

Wette verloren, 2,50 € futsch. Sofort rief Fiedler noch mal an und entschuldigte sich für den falschen Tipp und das mittelmäßige Spiel. »Er ist sehr in Ordnung.« Das war alles, was wir darüber hörten. Aber, typisch Benni, bloß nicht zu viele Worte.

Irgendwann erfuhren wir dann auch noch ganz nebenbei, dass Herthas Manager Dieter Hoeneß Benni besucht hatte. Still, ohne Aufsehen, einfach, um nach ihm – dem treuen und langjährigen Herthafan, dessen Geschichte ganz Deutschland aufgewühlt hatte – zu schauen und ihm Kraft für den Kampf zu geben. Ich fand das beeindruckend. Dafür wünschte ich Hertha alles Glück, alle Tore der Welt.

»Hoffentlich kommt keiner auf die Idee, zu spielen«, dachte ich voll dunkler Vorahnung bei mir, als das Gespräch zum Thema »Besucher« erschöpft war.

»Wollen wir was spielen?«, fragte Andy beinahe verzweifelt.

Treffer!

Volltreffer!

»Na klar, mein Schatz.«

»Wozu hast du denn Lust, Benni?«, wendete ich mich ihm zu.

»Eigentlich zu gar nichts, ehrlich gesagt.«

Aber was soll's, wir gingen in unsere Ecke am Ende des Flures. Dort sah man wenigstens ein Stück Himmel mehr. Und Frauke beim Kniffeln zu besiegen hatte ja auch immer wieder was.

Belmondo spielt/Pressekonferenz

Herbst/Winter 2004

Wieder einmal lief eine Typisierungsaktion. Diesmal in Andys Arbeitsort. Wieder einmal hatten Bekannte und Unbekannte, erschüttert von Bennis Schicksal und voller Hoffnung, vielleicht gerade heute die Rettung herbeizuzwingen, eine Aktion geplant und vorbereitet. In dieser Zeit – zwischen Oktober und Dezember – konnten wir die einzelnen Aktionen nicht mehr überblicken, oft erfuhren wir nur durch Zufall davon.

Wenn es möglich war, versuchten wir, Bennis Mutter Regina und ihr Lebensgefährte oder Jule und Patrick die Aktionen zu begleiten.

Jedes Mal waren wir überwältigt von der Selbstverständlichkeit, mit der wildfremde Menschen ihre Zeit opferten, um zu helfen, geduldig in der Schlange standen, um sich typisieren zu lassen und voller Wärme mit uns fühlten.

Natürlich gab es auch Menschen, die nichts verstanden, die alles einen Sch… interessierte und die es auch so rüberbrachten, das tat weh, denn unsere Haut war sehr dünn geworden.

Aber deren Anteil war so gering, sie verdienen es nicht einmal, in diesem Buch erwähnt zu werden, warum konnte es trotzdem so wehtun?

Zurück zur Aktion. Die Leute standen Schlange, es war abzusehen, dass weder das Material noch die Helfer ausreichten, um den Ansturm zu bewältigen. Damit hatte niemand gerechnet. Ein Arzt, der in der Reihe der Wartenden stand, bot sich an, den unermüdlichen Schwestern des DRK bei den Blutentnahmen zu helfen. Allerdings müsse er um 22.00 Uhr zuhause sein, um seine eigenen Kinder zu betreuen, da seine Frau zum Dienst musste. Was konnten wir noch tun? Uns fiel Beate ein, eine alte Freundin, Krankenschwester und letzte Rettung. Sie war die Frau von Benjamins Ausbilder und kannte uns schon lange. Würde sie spontan helfen können? Wir hatten Glück, sie organisierte schnell ihren Plan um und war innerhalb von zehn Minuten vor Ort. Nun fehlten Blutentnahme-Sets. Oma und Opa sprangen, wie so oft, ein und besorgten die fehlenden Sets von einem für den nächsten Tag geplanten Termin. Nach dreißig Minuten stand Opa Wolfgang mit Kisten voll dringend benötigtem Material vor der Tür. Blitzer waren wohl an diesem Tag zum Glück nicht aufgebaut.

»Benni, hättest du das deinem Opa zugetraut?« Ich sehe dein Grinsen: »Unterschätzt Opa nicht.«

Auch Leute von unserer Lieblingsband »Belmondo« standen in der langen Schlange.

Sie waren sehr ergriffen. »Hey Andy, komm mal. Was können wir tun? Bitte lasst uns überlegen.« Sie luden uns zu sich ein. »Belmondo« war einfach unsere Band. Bei ihren immer wieder unter die Haut gehenden Stücken – alles Westernhagen pur – hatten wir uns kennen gelernt. Wir waren auf fast jedem Konzert, man kannte sich eben schon. Dass »Belmondo« zu unserer Hochzeit spielen sollte, war so gut wie abgemacht.

Doch plötzlich ging es um mehr. Wir verabredeten uns an einem Abend im November beim Gitarristen der Band. Seine Frau umsorgte uns, alle kamen, nahmen uns in ihre Mitte und ließen Andy erzählen. Von der Diagnose »Leukämie«, von den Chancen, einen Spender zu finden und der bisher vergeblichen Suche. Zwei Stunden vergingen wie im Flug, wir erzählten von unserer Angst und spürten: Hier versteht man uns. Die »Belmondos« haben auch Kinder in Bennis Alter, sie wussten zu gut, wie wir uns fühlten. Wir alle schämten uns an diesem Abend unserer feuchten Augen und auch der einzelnen Tränen nicht. Die Jungs und ihre Familien und Freunde wollten unbedingt helfen. Wir nahmen das Angebot dankbar an.

Wir besprachen, ein bereits im Groben geplantes Konzert als Benefizkonzert für das NKR zu veranstalten. Die Einnahmen sollten komplett der Finanzierung weiterer Typisierungen dienen. Zu groß war unsere Angst, dass die Blutprobe des genau richtigen Spenders irgendwo in einer Kiste mit noch nicht untersuchten Röhrchen lag. Wir hatten doch diese Kisten, die noch nicht untersucht worden waren, mit eigenen Augen im Büro des NKR stehen sehen. Unglaublich, dass es hierfür kein Geld gab. So viele Leben könnten gerettet werden. Jeder Cent zählte!!

Parallel dazu warb die Band »Belmondo« gemeinsam mit

Schülern, Eltern und Lehrern für den Erhalt der ansässigen Grundschule. Das war schon vorher geplant und passte gut zusammen.

Am 18. Dezember war es so weit. Viele Menschen kamen, sie informierten sich an unserer sorgfältig mit vielen Informationen versehenen Stellwand über Benjamin, die Krankheit Leukämie, das NKR und die Chancen zu helfen. Auch Jule, Patrick und Freunde aus Karlsruhe und Berlin waren wieder angereist. Wir freuten uns darüber, auch wenn wir wenig Zeit füreinander hatten.

Wie so oft konnten die Leute sich auch hier gleichzeitig typisieren lassen. Bennis Mutter und ihr Lebensgefährte persönlich nahmen den über 100 Freiwilligen den berühmten Tropfen Blut ab.

Ran an den Tisch, Arm auflegen, desinfizieren und schon ging's los. Ich konnte immer noch nicht zusehen. Mir wurde einfach schlecht. An diesem Abend ganz besonders. Es passte einfach nicht in mein Raster. Meine Lieblingsband, die gute Musik und dann dieses Damoklesschwert, das über uns schwebte und uns die Luft zum Atmen nahm. Ich verkroch mich in die Garderobe, nahm den Leuten die Jacken ab. Das musste schließlich auch erledigt werden.

Es war ein sehr bewegendes Konzert. Die Band sang und spielte ihre Westernhagen-Songs perfekt wie immer. Schloss man die Augen, konnte man glauben, Marius Müller-Westernhagen persönlich stünde in Petershagen auf der Bühne. Mir waren die »Belmondos« schon immer viel lieber. Viele Helfer und Künstler machten an diesem Abend mit. Eine Tanzgruppe und weitere Jugendliche traten auf, junge Trommler trommelten sich mit ihrem »Lehrer«, dem Schlagzeuger der Band, die Seele aus dem Leib. Und Andy heulte sich die Seele aus dem Leib, ein »guter Freund« hatte ihn reichlich mit tröstenden Getränken versorgt. Dies schlug leider ins Gegenteil um, es war einfach zu viel für ihn, die Angst um seinen Jungen überwältigte ihn an diesem Abend auf furchtbare Weise. Wir saßen später lange mit dem Sänger und seiner Freundin in der Garderobe, versuchten uns zu trösten, waren jedoch alle mit unseren Nerven am Ende. Uns fiel nichts mehr ein.

Am nächsten Morgen räumten wir die Halle wieder um, auch hier konnten wir uns auf unsere Freunde und einige aus der Familie verlassen. Wir selbst standen neben uns, denn die Nachricht von dem gefundenen passenden Spender für Benni und die aufwühlenden Stunden am Vorabend wollten erst mal verdaut sein. Wir überspielten wieder einmal unsere Angst und das kostete unendlich viel Kraft.

Einige Tage später übergab der Frontmann von »Belmondo« den gesamten Erlös von 2110 Euro über Andy dem NKR für weitere Typisierungen. Die regionale Presse berichtete darüber, alles würde gut werden und das Weihnachtsfest konnte kommen.

Ja, plötzlich war ein Spender da. Einige Tage vor dem Konzert erhielten wir endlich die lang ersehnte Nachricht. Schon vorher gab es Gerüchte darüber, das machte uns fast wahnsinnig. Stimmte es oder stimmte es nicht? Wann geht es endlich los? Wir warteten auf nichts anderes als diese befreiende Nachricht. Die Zeit rannte uns weg.

Kaum hatten wir es erfahren, gingen die nächsten Überlegungen los. »Wie sagen wir es der Öffentlichkeit?« Alle haben ein Recht darauf, es schnell zu erfahren, ganz klar. Herthas Pressemann und ein Fanbetreuer – wir kannten uns von den Aktionen im Olympiastadion – kamen zu uns nachhause. Eigentlich sollten sie an diesem Abend auf der Weihnachtsfeier der Geschäftsstelle ausgelassen feiern. Nein, sie wollten erst mit uns reden und kamen aus Berlin herausgefahren. »Wir werden mit Dieter Hoeneß eine Pressekonferenz machen. Könnt ihr dabei sein?« Das mussten wir erst mal setzen lassen.

»Wie soll das ablaufen?«

»Ihr müsst nichts sagen, wenn ihr nicht wollt. Aber dabei sein wäre gut, die Menschen identifizieren sich mit euch. Sie wollen an eurer persönlichen Freude teilhaben.« Ich dachte bei mir: »Eine gute Gelegenheit, sich bei allen zu bedanken. So viele Menschen erreichen wir nie wieder.« Ich würde eine Presseerklärung, natürlich abgestimmt mit Benjamin und seiner Mutter, die nicht kommen konnte, verfassen und dann verlesen. »Das ist sehr persönlich, wir sind es all den wunderbaren Helfern schuldig. Ich werde mich einfach trauen.« So waren meine Gedanken.

Also fuhren wir am 16. Dezember in die Geschäftsstelle von Hertha BSC. Freundlich und fürsorglich wurden wir empfangen und von den Angestellten umsorgt. Sie wollten uns wohl den Druck nehmen. Man geht ja nicht jeden Tag zur Pressekonferenz. Und dann mit dieser bewegenden Nachricht. Geschäftsführer Hoeneß setzte sich eine Stunde vorher zu uns und wir besprachen die Einzelheiten. Wir sollten im Präsidium sitzen und eventuelle Frage beantworten. Das konnte Andy machen. Ich sollte den vorbereiteten Text verlesen. »Schön ruhig bleiben, Frauke, du kannst das«, redete ich mir ein. Kay Bernstein, der den Stein ins Rollen gebracht hatte und unermüdlich an unserer Seite stand, verkrümelte sich ins Publikum. Ich durfte nicht. Mann, auf was hatten wir uns da bloß eingelassen? Als es so weit war, bedankte ich mich auf dem Weg zum Presseraum schnell noch bei Herrn Hoeneß persönlich für alles. Er meinte, das sei selbstverständlich. Und er meinte es ehrlich. Wir nahmen also im Präsidium Platz, unten waren alle Reihen mit Reportern gefüllt. Viele Kameras und noch mehr interessierte Augen richteten sich erwartungsvoll auf uns. Nach einigen Worten der Hertha-Leute war ich dran. Würden meine Hände zittern und die Buchstaben vor meinen Augen verschwimmen? Plötzlich war ich ganz ruhig. Ich hatte eine frohe Botschaft zu verkünden. Ich verlas langsam und mit Betonung, wie ich es von meinem Deutschlehrer bei diversen Rezitationswettbewerben vor 30 Jahren gelernt hatte, unseren Text:

Liebe Freunde,

liebe Helfer in nah und fern,

wie ihr alle durch viele Veröffentlichungen und Aktionen wisst, leidet unser Benjamin seit September 2004 an akuter Leukämie. Jetzt hat sich unser sehnlichster Wunsch erfüllt. Die Chance, dass er wieder gesund werden kann, besteht:

Benjamins genetischer Zwilling wurde gefunden.

Nun hängt alles davon ab, dass Benjamin sich optimal auf die Transplantation vorbereiten kann und der anonyme Spender gesund und auch gewillt bleibt. Wenn alles nach Plan läuft, könnten Mitte Februar die fremden Stammzellen transplantiert werden.

Ein Riesenschritt ist damit getan.

Wir wissen, dass wir es ohne euch alle nicht geschafft hätten. Diese Riesenwelle der Hilfsbereitschaft und Solidarität quer durch die Fußballwelt und das ganze Land hat Benjamin und uns alle getragen und über uns selbst hinauswachsen lassen. Nie hätten wir es für möglich gehalten, das sich so viele Menschen verbunden fühlen, engagieren und helfen – jeder auf seine Weise.

Dafür möchten wir uns ganz herzlich bei allen bedanken.

Es ist unmöglich, hier Einzelne aufzuzählen, mittlerweile sind die vielen Aktionen und Spenden nicht mehr zu überblicken. Es wurde gesungen, gespielt, getanzt, gebacken, gefroren und geschwitzt, um Benni zu helfen. Ihr hattet immer neue Ideen, um Geld zu sammeln, bis zum 13. 12 .2004 kamen über 105.800 € zusammen. Es wurde geworben, organisiert, Blut gezapft und unermüdlich registriert. Über 6000 Menschen gaben bei diesen Aktionen freiwillig ihren Tropfen Blut, um in die weltweite Spenderdatei aufgenommen zu werden.

Der Anstoß, den die Berliner »Harlekins« und vor allem auch Hertha BSC gaben, brachte den Ball der Hilfe in der Fußball- und Sportwelt zum Rollen. Keiner von uns hatte dies zu hoffen gewagt, das ist ein großer Sieg über alle Grenzen hinweg.

Wir sprechen ganz sicher auch im Namen tausender Leukämiekranker weltweit, die nicht das Glück haben, so viele wunderbare Menschen hinter sich zu wissen. Denn einigen von ihnen wurde und wird durch eure Aktionen ebenfalls geholfen (Jetzt schon neun Nachtypisierungen). Wir möchten euch alle bitten: Diese Hilfe der Fußballfans und der vielen Menschen bundesweit muss weitergehen. Denn auch wenn Benjamin jetzt geholfen wurde, so gibt es noch sehr viele, die auf einen passenden Spender warten.

Wir glauben ganz fest daran, dass Benjamin dank eurer Hilfe wieder gesund wird. Wir werden euch allen das niemals vergessen. DANKE!

Benjamins Familie und Freunde

Geschafft!! Ohne Stottern und Zittern!

Die vielen Reporter nahmen die Nachricht voller Freude auf. Viele sprachen uns nach dem offiziellen Teil an und reichten uns ihre Hände. Sie fragten nach Benni und richteten Grüße aus. Einer von ihnen stand vor mir mit sehr traurigen Augen. Sie glänzten verräterisch. Waren es Tränen? »Bestimmt drückten die Kontaktlinsen«, meinte Andy, als ich ihm davon erzählte. Am nächsten Tag las ich seine Kolumne im »Berliner Kurier«:

Allein ist der Mensch ein Nichts. Gemeinsam gibt es nichts, was Menschen nicht erreichen können. Der Fall des todkranken Hertha-Fans Benjamin ist der Beweis dafür. 6000 Mutige haben sich Blut abzapfen lassen, stehen als potenzielle Knochenmarkspender bereit … Ich schäme mich, dass ich drei Monate lang nie Zeit und Mut gefunden habe, bei »Helft Benni« mitzumachen. Aber jetzt wird mich nichts mehr abhalten. Machen Sie doch auch mit. Bitte!

Andreas Lorenz

Ich fand das sehr aufrichtig und ergreifend. Es sprach mir aus dem Herzen. Es waren wohl doch nicht die Kontaktlinsen, ich war mir ziemlich sicher.

Auch Sylke Heun, unsere erste Bekanntschaft mit der Presse, war da und freute sich mit uns. Sie berichtete am nächsten Tag in der »Berliner Morgenpost« in einem großen Artikel »Spender für Benny gefunden« über die gute Nachricht. Genau zwei Monate nach dem ersten Aufruf für die Suche. Was sie schrieb, traf wie immer den Nagel auf den Kopf. Man konnte sich darauf verlassen.

»Fußball ist sein nacktes Leben« überschrieb André Görke seinen Bericht über Benjamin auf Seite 3 des »Tagesspiegels« am nächsten Tag. Vor ein paar Wochen saß der junge Mann in meinem kleinen Arbeitszimmer. Er hatte genau zugehört und nun alles in einem packenden Artikel verarbeitet. Und so lasen wir in den folgenden Tagen immer wieder etwas über unseren gemeinsamen Kampf.

Jedoch wussten wir, dass mit dem gefundenen Spender noch nicht alles gut ist. Andy sagte immer wieder: »Jetzt fängt es erst richtig an.« Konnte er es nicht ein bisschen optimistischer sehen?

Es ging mir sehr nah, diese hartgesottenen Reporter, die nicht immer den besten Ruf haben, so bewegt und voller ehrlicher Anteilnahme zu sehen. Die letzten Monate, dieser Kampf und Zusammenhalt hatten bei allen bleibende Spuren hinterlassen.

Wir fuhren auf dem schnellsten Weg nachhause, mussten dringend erst mal runterfahren.

Ich hatte ausgerechnet in dieser Woche drei schriftliche Abschlussprüfungen in Potsdam zu schreiben. »Wird schon irgendwie gehen«, redete ich mir ein. Ich konnte mich nicht besonders gut konzentrieren. Mal sehen, was ich mal wieder, wie so oft, aus den Katakomben meines Gehirns würde abrufen können. Auf dem Programm stand mein »Lieblingsfach«: Finanzwesen/BWL.

Ich schaffte eine Zwei, mehr, als ich erwartet hatte. Geht doch!

Das Weihnachtsfest kam und ich graulte mich davor. »Kann man auch einfach nicht hingehen? Zu Weihnachten, meine ich.«

»Nun hab dich nicht so«, hörte ich schon wieder die Stimmen einiger verständnisvoller Mitmenschen. »Reiß dich zusammen.«

Andy wollte für einen oder zwei Tage nach Hannover fahren. Weihnachten auf Station 42 hieß es für Benni.

Ein straff organisierter Besucherplan und zuhause vorbereitete Weihnachtsmenüs würden für Abwechslung sorgen. An Trubel, Geschenken und Gänsekeulen mangelte es nicht.

Benni wollte nur raus hier. Raus aus dem sterilen, klimatisierten Krankenzimmer, raus aus dem winzigen Aufenthaltsraum.

Allein sein. Ganz privat.

Das Fenster weit öffnen.

Durch einen verschneiten Park schlendern.

Wie voriges Jahr Zuckerwatte auf dem Weihnachtsmarkt essen.

Leben!

Ich fuhr nicht mit, musste mich auch mal dringend um meine Familie kümmern. Jule kam nach langen Wochen nachhause, sie fehlte mir so.

Meinem Vati ging es schlecht, er wurde nur zu den Feiertagen aus dem Krankenhaus auf Urlaub geschickt und musste rund um die Uhr gepflegt werden. Bei ihm wollte ich so viel Zeit wie möglich verbringen. Ich wusste nicht, wie viel uns davon noch bleiben würde. Einfach da sein, seine Hand halten oder ein wenig reden. Ich konnte diesmal wirklich nicht mit nach Hannover. Sicher würden andere aus Bennis Familie sich einmal auf den Weg machen und ein bisschen »Stimmung« in seinen tristen Krankenhausalltag bringen.

Im Gästebuch standen unzählige Weihnachtswünsche und Grüße aus allen Ecken der Republik. Welch ein Wahnsinn. Es war wie ein Märchen. So viele liebe, herzliche Menschen mit uns auf dem Weg. Ich las alle Einträge. Benni auch. Er war fast erschrocken darüber, glaube ich. Hier ein winziger Auszug aus dem Gästebuch:

Eintracht-Frankfurt 24.12.2004, 10:12	**Joa** #:-147 Wir sind alle froh das ein Spender gefunden wurde!!! Jetzt schaffst du des Wir wünschen dir und deiner Familie Frohe Weihnachten und ein frohes neues Jahr!!
Ozzy 23.12.2004, 20:25	**Frohes Fest...** #:-148 wünschen Dir Benny die Crew von Chemnitz Rockt und der Los Canadorez Chemnitz!
Marcus 23.12.2004, 17:01	**Frohe Weihnachten** #:-149 Grüße aus Ennepetal , freu mich das dein genetischer zwilling gefunden wurde. Jetzt schaffst du es , davon bin ich überzeugt. Ich wünsche dir und deiner Familie frohe Weihnachten und einen guten rutsch in das neue Jahr. MFG Marcus
Wiebke 22.12.2004, 20:43	**Frohe Weihnachten** #:-150 Hey Benny!!! Ich habe mich echt super drüber gefreut, dass sie einen Spender für dich gefunden haben!! Ich denke mal das es eines der schönesten Weihnachtsgeschenke für dich ist. Ich wünsche dir und deiner Familie ein frohes Fest und einen gurten Rutsch!!! Du schaffst das, immer weiter kämpfen!!! Ich finde das echt klasse, was alle für dich geleistet haben. Ein großes Lob an alle!!!
Tim 22.12.2004, 15:23	#:-151 Jetzt schaffst du es Benny!Drück dir die Daumen!Einfach weiter kämpfen! LG Tim (FC St.Pauli) ps:Frohes Fest
Zylo 22.12.2004, 14:34	**Benny** #:-152 Dear Benny, I hope that you can live for a long time. Me and all the Fans of Sparta Praha are hope that you have a good time. Peace 4 ever man Bob from Prag
Bine 22.12.2004, 13:47	**Weihnachten** #:-153 Lieber Benny! Ich könnte wirklich heulen, endlich ist dein genetischer Zwilling gefunden!!! Auf diese Aktion können alle, die daran- in welcher Form auch immer- beteiligt waren, sehr sehr stoz sein. Euch allen wünsche ich ein Frohes Weihnachtsfest... Bine (1.FC Köln)
Gamma06 21.12.2004, 13:31	**Gemeinschaft** #:-154 Auch wenn wir uns nicht kennen,und uns in den Stadien mit unseren Gesängen versuchen gegenseitig zu übertönen,und auch nicht immer gut zueinander sind,so zeigt es sich doch in wahrer Not das wir trotzdem alle für den anderen da sind.Denn irgendwo gehören wir doch alle zusammen!!! Jetzt hast du es fast geschafft,halt durch!!!! Ultras Bremen

SPORT

GEMEINSAM HELFEN 96

Spender für Benjamin – die schönste Nachricht des Jahres

Bobic: Eine tolle Aktion

Als Zecke einfach mal Hallo sagte...

Welle durchs ganze Land

Tagelang musste er künstlich ernährt werden

Heimtückischer Blutkrebs

Hilfe muss weitergehen

Benny, du schaffst es!

Presseartikel »Berliner Kurier«

Egon und Spielabend zuhause bei Benni

Januar 2005

Kurz nachdem wir von Benjamins Leukämie erfuhren, erkrankte mein Vater Egon an Darmkrebs. Wie viel kann eigentlich ein Mensch aushalten? Sehr viel, mehr, als man jemals glaubt!

Während all der Monate wechselten sich die Besuche bei ihm im Krankenhaus und bei Benjamin ab. Ebenso die Angst und die Hoffnung.

»Was macht der Junge?« Das war jedes Mal seine erste Frage. »Bestellt ihm schöne Grüße, er wird es schaffen, erst bin ich dran!« Ich wusste nicht, was ich davon halten sollte. Niemand war dran, nicht mein großer starker Papa und auch nicht der Junge! Basta!

Schließlich feierte die Mutter meines Vaters in diesem Jahr ihren 100. Geburtstag. Und sie hatte auch vor, noch einige Jahre ihre Rente zu kassieren. Darüber freute sie sich diebisch. Ihr Vater wurde auch 95 und so bleibt es gefälligst auch. Bei uns wird vor 90 nicht gestorben.

Mit Egon ging es immer weiter bergab, er musste operiert werden. Die Chancen standen 80 zu 20. Aber wer Egon kannte, wusste – er wird kämpfen, auch bluffen. Vielleicht wusste er mehr als wir? Er versuchte es mit den 20 Prozent, ganz klar.

Wenige Stunden nach der OP empfing er uns in seinem luftigen OP-Hemdchen fröhlich: »Ja er lebt noch ...«, zitierte er die berühmten Randfichten, allerdings nicht ganz melodiesicher.

So war er: immer gut drauf, freundlich und mit einem Scherz auf den Lippen. Uns fiel ein Stein vom Herzen. War doch klar, er wird es schaffen. Fünf Tage später erreichte uns ein Anruf aus dem Krankenhaus. »Wir konnten nichts mehr für ihn tun, die Lunge hat versagt.« Wir wollten gerade ins Auto steigen, um ins Krankenhaus zur Besuchszeit zu fahren. Nun mussten wir dort hinfahren, um Abschied zu nehmen.

Durch Zufall waren wir an diesem Wochenende nicht in Hannover. Benjamin war gerade auf »Urlaub« zuhause in seiner kleinen Wohnung und sollte die Zeit ungestört genießen.

Die Schwestern erlaubten uns, noch einmal zu ihm zu gehen. Wollten wir das? Ja, sagte mein Bauch, es wird gut so sein.

Mit der furchtbaren unausgesprochenen Angst im Nacken, im Magen, im Kopf, dass wir irgendwann von Benni Abschied nehmen müssten, gingen wir ein letztes Mal zu Egon. In einem separaten Raum lag, ganz entspannt und friedlich, mein lieber starker Vati.

Wohin wohl die Reise gehen mochte?

Ich glaube, er hatte sich darauf eingelassen, er war einverstanden.

Dann mussten wir es wohl auch akzeptieren und ihn ziehen lassen.

Bitte, bitte, lieber Gott, lass uns niemals so an Bennis Bett stehen!

Benjamin ging es in dieser Zeit verhältnismäßig gut. Er durfte zuhause sein bei seiner Freundin in ihrer ersten eigenen Wohnung in Hannover. Er bereitete sich auf die Transplantation vor. Seit Mitte Dezember wussten wir ja, dass ein Spender gefunden worden war.

Es bedeutete aber auch: Die Wohnung musste absolut keimfrei sein, alles desinfizieren, keine Blumen, keine Teppiche, nur in Einzelportionen abgepacktes Essen und tausend andere Dinge. Die jungen Leute sahen das, glaube ich, ganz entspannt und kamen gut zurecht. Die Zulieferung aus Berlin klappte zuverlässig. Alle suchten nach portionierten Lebensmitteln. Kisten mit Honig, Butter, Wurst wurden herangeschleppt. Die zwei konnten es nie schaffen, das alles aufzuessen. Aber Hauptsache alle Gefahren waren ausgeschlossen. Kein Honigglas, in dem mehrere herumstochern. Keine Wurst, die zwei Tage angeschnitten im Kühlschrank liegt. Für uns alles ganz normal, für Benni höchste Alarmstufe. Benni durfte das Haus nur mit Mundschutz verlassen.

Holterdiepolter sollte es plötzlich Anfang Februar schon passieren, der Stammzellspender im fernen Kanada war auf seine Spende vorbereitet, es konnte transplantiert werden. Es wurde auch Zeit.

Für Benjamin begann eine stressige Zeit. Sämtliche Arztbesuche, wie Zahnarzt, HNO und andere Spezialisten zur Vorbereitung der Transplantation, musste er selbst organisieren.

Mit einem Taxifahrer hatte Benni sogar bald ein vertrautes freundschaftliches Verhältnis. Ständig kutschierte dieser ihn von einem Termin zum anderen. Es bedeutete aber auch, dass er seine Kräfte einteilen musste und seine Grenzen akzeptieren.

Mich wunderte nur: Das sollte alles keimfrei sein, Taxis, offene Arztpraxen mit ganz normalen Wartezimmern?

Na, die zuständigen Leute werden wohl wissen, was sie erlauben können. Und raus aus der Klinik musste er endlich mal, andere Leute sehen, zusammen kochen, lesen und einfach nur rumhängen, das tat ihm so gut.

Die Stimmung war gut und wir fuhren auch in dieser Zeit regelmäßig nach Hannover, um bei Benni zu sein. Um 7.00 Uhr ging es hier los, in drei bis vier Stunden waren wir mit allem Drum und Dran am Ziel. In der S-Bahn schlug eine Frau die regionale Zeitung auf. Die Todesanzeige für meinen Vati sprang mir ins Gesicht. Ich war so traurig. Dort stand es schwarz auf weiß. Sollten wir es Benni erzählen? Er mochte ihn auch, hatte sich gern mit ihm unterhalten. Vor allem seine Erlebnisse als Fallschirmspringer im Krieg und die Erzählungen über seine dramatische Flucht aus Italien im Jahre 1946 fesselten Benni sehr.

Die Nachricht von seinem Tod würde ihm bestimmt nicht gut tun. Ich wollte abwarten, wie sich der Tag entwickelte und wie Benni drauf war.

Mein Vater mit seinen Eltern, 1943
Urlaub von der Front, wird er den Krieg überleben?

Unser Held freute sich über jede Abwechslung, so auch über unseren Besuch. Wir hatten einen Spielnachmittag versprochen. »Frauke, such dir was aus.« Der Bruder von Bennis Freundin, der auch mit uns in Norwegen war, hatte schon seinen Platz eingenommen. Er war auch für ihn wie ein kleiner Bruder, obwohl er ihn mittlerweile schon längst überragte.

Alle wussten noch von Norwegen, dass ich kein begeisterter Spieler bin. O.k., »Siedler« mag ja noch gehen, da kann ich wenigstens Grundstücke und Material kaufen und verkaufen. Also das nagelneue Spiel ausgepackt und die Spielanleitung gründlich studiert. Dabei beeindruckte mich immer wieder, mit welcher Geduld und Ausdauer alles zelebriert wurde. Man merkte, in beiden Ur-Familien wurde oft und gern gespielt. Bei mir hörte die Geduld schon bei Halma und Rommee auf.

Wir saßen alle fünf um den kleinen Tisch, ein kleiner Beistelltisch wurde noch zur Erweiterung des Spielfeldes herangeholt und los ging's. Die Stunden vergingen, wir kauften und verkauften und ich war ganz gut. Aber es nahm kein Ende, o.k., es machte mir sogar Spaß, aber ich wüsste doch gern, wo wir heute Nacht schlafen. Bei Benni war kein Platz mehr. Fahren wir heute Nacht noch nach Berlin? Irgendwann fahren nachts keine Züge mehr. Denkt denn daran niemand?! Es ist auch so schön und wichtig, bei Benni zu sein.

Ich versuchte, Andy mit meinen Blicken zu hypnotisieren. Keine Chance, er kaufte gerade Ländereien und Holz.

Hey, irgendwann fährt kein Zug mehr in Richtung Heimat!

Gut, ich musste Benni fragen, wie es weitergeht.

»Wäre schön, wenn ihr noch etwas bleiben könntet.« Keine Frage, und wenn wir die ganze Nacht durchmachen. »Schön, dass du es einfach so gesagt hast, Benni, so sollte es immer sein. Sag einfach, was du willst, es erleichtert die Sache so ungemein.«

Wie fast immer gewann Benjamin. Ob beim Würfeln oder Kartenziehen, ich hatte mich schon daran gewöhnt, dass »Glückskind Benjamin« immer ganz genau das bekam, was er wollte und brauchte. Das war selbstverständlich. Sein Name bedeutete ja genau das, wie ich in einem Namensbuch mal gelesen hatte. Und so würde es auch immer bleiben.

Irgendwann brachen wir ab. Benni war ziemlich müde, was er natürlich nicht zugeben wollte. Wir hatten uns wohl alle im Eifer etwas überschätzt. Völlig erschöpft, aber glücklich erreichten wir den letzten Zug nach Berlin. Für einige Stunden hatten wir alle unsere Angst vergessen. Benni hatte sich richtig wohl gefühlt. Darüber freuten wir uns sehr.

Die Transplantation

Am 4. Februar 2005 war es endlich so weit. Die ersehnten Stammzellen aus Kanada waren eingetroffen, mit ihnen ein Brief des unbekannten Spenders. Wir ließen uns den Text übersetzen und freuten uns, in zwei Jahren vielleicht mit diesem – Benjamins Lebensretter – Kontakt aufnehmen zu können. Benni war auf die Transplantation vorbereitet, es konnte losgehen. Wir hatten ein gutes Gefühl. Die Transplantation selbst war kein besonderer Akt. Innerhalb mehrerer Stunden erhielt Benni über die Armvene die fremden Stammzellen. Die Angehörigen waren dabei und sehr erleichtert, dass dieses lang ersehnte Ereignis so unspektakulär ablief. Bennis Immunsystem war in Vorbereitung der Transplantation fast auf null heruntergefahren worden, schließlich sollte sein Körper die fremden Zellen ohne zu meckern annehmen, sich mit ihnen vertragen und sie in Ruhe anwachsen lassen. Dann würden diese in Zukunft wie seine eigenen sein und die Rolle der eigenen kranken Zellen, die ihn so im Stich gelassen hatten, übernehmen. Natürlich hatten wir alle, auch Benni, Angst, ob der Körper die fremden Stammzellen annimmt oder sie sofort abstößt.

Nach drei Wochen sollte nach Aussage der Ärzte zu sehen sein, ob der Körper erste eigene Stammzellen bildet. Typisch für Benni, er ließ uns alle zappeln. Seine Haut wurde rot und fleckig, andere Organe zeigten Zeichen der Abwehr, erst am letzten Tag gab es Entwarnung: Wir würden in den nächsten Jahren den 4. Februar als zweiten Geburtstag feiern dürfen. Die Angst war umsonst, er nahm die fremden Zellen an.

Benjamins Mutter, sein Vater und seine Freundin sollten von nun an für viele Tage die Einzigen sein, die Benni auf dieser isolierten Station besuchen durften. Alle Risiken mussten so gut wie möglich ausgeschlossen werden.

Auf der Transplantationsstation wurde jeweils nur eine begrenzte Anzahl von Besuchern genehmigt. Diese mussten völlig gesund und »keimfrei« sein. Das bedeutete, sich in der Schleuse zur Station komplett umzuziehen und zu desinfizieren. Alle wechselten sich ab, Benjamins Freundin managte den Besucherplan.

So saß Tag für Tag vollkommen vermummt jemand bei Benni. Freunde aus Hannover, Berlin, Karlsruhe. Die Familie, Oma und Opa aus Berlin und die Eltern sowie sein Bruder natürlich.

Nach einigen Wochen durfte auch ich wieder mal mit. Hose, Kittel, Schuhe, alles musste in der Schleuse gewechselt werden. Es gab alles in allen Größen. Musste eigentlich die Größe in Riesenzahlen und weithin sichtbar außen am Kittel stehen? Ich fand es unnötig, brauchte doch nicht jeder sehen, welche Konfektionsgröße ich mir vor Kummer gerade angefuttert hatte. Egal, einen Schönheitswettbewerb konnte man mit dem lästigen Mundschutz sowieso nicht gewinnen.

Ein Gesicht, reduziert auf die Augen ist unglaublich schwerer zu verstehen. Aber trotzdem nackter – irgendwie. Augen sagen so vieles, sie können sich nicht verstellen. Andys Augen waren immer voller Angst und Traurigkeit und müde. Benni schaute mich, wenn es ihm gut ging, frech und munter an. Der Schelm blitzte auf, vor allem, wenn ich mal wieder über die groß an mir dranstehende Kleidergröße meckerte. »Ich esse doch gar nichts.« »Möchtest du meine Kekse?«, fragte er scheinheilig. Nein danke! Wenn er Schmerzen hatte oder ihn der »Krankenhauskoller« packte, wich er meinen Blicken aus. Niemand sollte seine Angst sehen, er wollte freundlich und zuversichtlich wirken, aber die Augen … sie ließen sich nun mal nicht manipulieren.

Seine Freundin war immer da. Sie führte einen kleinen Kalender und zählte darin die Tage. 100 Tage müsste Benni durchhalten, dann wäre das Schlimmste überstanden. Daran hatten wir uns zu orientieren und wir waren froh, endlich ein greifbares Ziel vor Augen zu haben. Ostern konnten wir die ersten 50 Tage glücklich abstreichen. Noch einmal so viel und es war geschafft.

Am Ostersamstag fand auch in diesem Jahr, so, wie schon seit vierzig Jahren, der traditionelle Osterspaziergang der Familie von Andy statt. Man traf sich in Familie mit Kind und Kegel, auch Freunde konnten mitgebracht werden. Dann ging es gemeinsam zu einem festgelegten Ziel, wo die ca. 100–130 Ostereier (gekocht, gefärbt und abgezählt – pro Person vier Stück) von der Vorhut versteckt worden waren.

Das war jedes Jahr eine gute Gelegenheit, sich auszutauschen und immer in Kontakt zu bleiben. Wie waren die Kinder gewachsen in einem Jahr! Und wieder eine neue Freundin beim Cousin! An jeder Bank wurde Pause gemacht und angestoßen. So verlangte es die Tradition. Mangelte es an Bänken, wurden Baumstämme, Steine oder Ähnliches feierlich zur Bank ernannt. Diesen schönen Brauch hatte auch Benjamin Jahr für Jahr miterlebt. Später dann im Eildurchlauf. Man musste ja ins Olympiastadion oder nach Hannover.

Also absolvierten auch wir in diesem Jahr wieder die Eil-Version. Andy bestand darauf. Tradition eben. Wir berichteten kurz allen von Bennis Zustand, nahmen liebe Grüße von den vielen Tanten, Onkels, Cousins und Cousinen mit und düsten ab nach Hannover. Diesmal konnten wir Benni nur davon erzählen, im nächsten Jahr würde er ja wieder dabei sein. Darauf freuten wir uns schon. Nur noch 50 Tage!

Auf der Transplantationsstation lernten wir viele Mitpatienten und Angehörige kennen. Sie kamen und gingen. Auch die knallharte Wahrheit, als ein Patient, den wir schon gut kannten, es nicht schaffte, holte uns ein. Sollten wir es Benni sagen? Er hatte es schon mitgekriegt. Dünnhäutig, wie wir alle waren, zogen uns solche Nachrichten tief runter.

Quatsch, uns passiert das nicht. Benni hat ganz andere Voraussetzungen. Er war bis zum Tag der Diagnose im vorigen Jahr kerngesund, sportlich und sehr gesundheitsbewusst. Ein junger Mann im besten Alter und mit starkem Willen. Bis jetzt hatte er alles besser als erwartet verkraftet. Natürlich schafft er es.

Keine Frage!

Misstrauisch beäugten wir trotz aller Zuversicht jede Veränderung. Die familieneigenen »Fachleute« wussten genau, welche Abwehrreaktionen auftreten könnten und wie sie sich zeigten.

Benjamins Freundin kümmerte sich jeden Tag liebevoll um Benjamin. Sie gehörte schon fast zum Inventar, babbelte mit ihm in einer uns manchmal fast unverständlichen Sprache, wie es miteinander sehr vertraute Menschen oft an sich haben. Sie saß bei ihm und las ihm jeden Wunsch von den Augen ab.

Die ersten bangen Tage nach der Transplantation bezogen Benjamins Eltern – immerhin seit mehreren Jahren getrennt – in der Wohnung der jungen Leute Quartier. Jeden Tag wechselten sie sich mit ihren Besuchen auf der Station ab. Sie taten alles, was sie konnten, um Benni beizustehen. Leise schlich sich bei mir manchmal so etwas wie Eifersucht in mein Herz. Ich wollte Andy damit nicht auch noch belasten und so schluckte ich alles tapfer hinunter. Ich hielt wie so oft zuhause die Stellung und telefonierte stundenlang mit Andy. Das Warten und Hoffen zerrte an den Nerven. Die Telefonrechnungen explodierten ins Unermessliche, es war uns egal. »Mit wem teilst du dein Nachtlager?«, fragte ich Andy eines Abends. Blöde Frage, aber ich kannte die Aufteilung der Wohnung und es ließ mir keine Ruhe. Wie würden sie miteinander umgehen in dieser extrem angespannten und emotionalen Situation? »Na, mit Regina«, antwortete Andy ganz unbefangen. Ich schluckte. Mit Regina also! Ich wollte nichts Falsches sagen und beendete das Gespräch hastig. Dann liefen die Tränen ungebremst. Ich musste sofort Jule anrufen. »Er teilt sein Nachtlager mit Regina!«

»Mutti, du weißt doch, wie sich Männer ausdrücken. Er meint es bestimmt anders als du. Sie sind in der Wohnung zusammen, mehr nicht«, versuchte sie mich zu trösten. »Du kennst doch Andy. Ruf einfach noch mal an und frag nach.« Jule brachte in ihrer klaren und direkten Art wieder einmal meine scheinbar etwas wirren Gedanken ins Lot. »Du hast Recht, ich machs.« Ich nahm all meinen Mut zusammen und wählte noch einmal Hannover.

Andy verstand meine Frage nicht. Er schlief im Wohnzimmer auf der Couch, sie gingen zusammen joggen und sprachen die Besuche im Krankenhaus ab. Mehr nicht. *Dumme Frauke!* Oft rief ich meine erwachsene Tochter in der Ferne an und schüttete ihr mein Herz aus.

Sie war mir eine große Stütze in dieser Zeit. Wer stützte sie? Daniel, ihr bester Freund, übernahm, glaube ich, diese Rolle und gab ihr Kraft und Stärke. Und vor allem: Er hatte Verständnis für das Gefühlschaos, das uns alle beherrschte.

Die Zeit verlief wie in Trance, ich funktionierte irgendwie, jedoch war alles nebensächlich. Es ging nur um Benni, die Angst um ihn lähmte und beflügelte uns gleichzeitig. Kämpfen, Benni, kämpfen! Du musst es schaffen. Er und auch wir konnten manchmal fast nicht mehr. Nach etlichen Wochen ging es dann endlich wieder von der Transplantationsstation zurück auf die 42. Alles lief nach Plan.

Wir bedankten uns artig beim aufopferungsvollen Team der Station 79 mit einem Gruß aus Brandenburg. Ich brachte Rotkäppchensekt, Wurzener Waffeln und allerlei leckere »Ostprodukte« mit. Und ein Foto von uns und Benni aus besseren Tagen. Ein Norwegenfoto – natürlich! Die Schwestern und Ärzte freuten sich sehr, es war wohl nicht unbedingt üblich.

Mir war es jedoch ein Bedürfnis, sie hatten wirklich Unglaubliches geleistet. Und wir waren so froh, dass es vorwärtsging. Alle sollten an dieser Freude teilhaben.

Mit dem Einzelzimmer klappte es leider wieder nicht. Hätten wir Druck machen müssen? Die Schwestern und Ärzte mit ihrer lieben offenen Art taten ganz sicher alles in ihrer Macht Stehende. »Vielleicht war er in der falschen Krankenkasse«, fragte ich mich später. Besser, ich weiß es nicht. Benni war dem Personal auf Station 42 ans Herz gewachsen und sie empfingen ihn mit offenen Armen. Man kannte sich mittlerweile und man kannte sich aus. Auch dass Benni sozusagen drei Elternpaare vorzuweisen hatte, war jetzt allen klar und für ihn eindeutig von Vorteil. Wir sahen es auch so und pflegten einen guten und freundlichen Kontakt miteinander.

Jedes Wochenende »auf der Bahn«, das schlauchte. Am Bahnhof Hannover kannten wir mittlerweile jeden Imbissstand. Je nach Abfahrt des Zuges (Wie viel Zeit bleibt? Zehn, zwanzig oder dreißig Minuten?) wurde die Verpflegung gesichert. Pizza Margherita für 1,50 oder doch eine Chinapfanne? Es gab eine unglaubliche Auswahl und für jeden Hunger, Geschmack und Geldbeutel alles, was das Herz begehrt.

Den ganzen Tag im Krankenhaus gönnten wir uns nichts, die Zeit wäre zu schade gewesen, um irgendwo etwas Essbares zu suchen. Wir waren bei Benni, nur das zählte. Essen konnte man immer noch. Manchmal schlief ich an solchen Tagen vor Erschöpfung schon auf der Bank der Straßenbahnhaltestelle direkt vor der MHH ein. Aber wir waren da, es ging ihm einigermaßen, das war das Wichtigste.

Es gab Menschen, die hätten auch da sein sollen, sie waren es aber nicht. Keine Zeit. Das tat mir sehr weh. Benni verlor nie ein Wort darüber. Wie mögen sie sich jetzt wohl fühlen?

2. Mai 2005, 21. Geburtstag

Ein herrlicher Sonnentag – und Benni wurde 21. Er hatte es geschafft. Wir alle hatten es geschafft.

Das Geburtstagskind wurde in der Wohnung mit einem Meer von Kerzen und Geschenken geradezu überschüttet. Andy war nach Hannover gefahren, seinem Jungen persönlich zum Geburtstag zu gratulieren. Erinnerungen kamen hoch. Genau als Benni ein Jahr alt wurde, musste sein Vater zur Armee. Der Abschied damals fiel so schwer. Gerade jetzt, wo der kleine Sonnenschein laufen lernte, anfing die ersten Worte zu sprechen. Was waren eigentlich seine ersten Worte? Andy musste zur NVA, das sozialistische Vaterland vor dem Klassenfeind schützen. Das konnte dauern. 18 Monate in der uckermärkischen Sandwüste. Wenn man sich gut führte 18 Tage Urlaub insgesamt. Und natürlich ohne Telefon. Unvorstellbar heute, und wohl schwerer auszuhalten als der Frühsport. Die ersten Wochen war an Heimfahrten nicht zu denken. Es war nicht leicht für die junge Familie. Patrick war schon fünf und brauchte auch dringend seinen Papa.

Benni kannte diese Geschichten zur Genüge. Heute, an diesem warmen, sonnigen 2. Mai des Jahres 2005, 20 Jahre später, waren sie zusammen. Sie beschlossen, ein Picknick mit Grillen und allem Drum und Dran, im nahe liegenden Park zu veranstalten. Das neue Leben, das jetzt vor uns allen stand, musste gebührend gefeiert werden.

Zu Weihnachten hatte ich Benni einen »Super-Picknick-Rucksack« mit allem Schnickschnack geschenkt. Teller, Becher, Besteck – sogar eine Decke waren darin. Nur für Essen und Trinken musste man selbst sorgen. Ich wusste, wie sehr Benni und »seine Familie« in Hannover solche Ausflüge liebten. Endlich wurde der Picknick-Sack gebührend eingeweiht.

Ich gratulierte am Telefon. Zu meinem Geburtstag vor ein paar Wochen hatten sie mir eine Karte geschickt. Vorn drauf ein Riesenberg Schokolade – welch Zufall. Und als Geschenk die folgende Nachricht:

»Haben eben die Nachricht bekommen, dass der erste Virusbefund negativ ist. Das ist doch ein schönes Geschenk!« Und als kleines freches PS: »Du hast übrigens deine Antifaltencreme bei uns vergessen.« Ha, ha!

Das kriegst du wieder. Nächstes Jahr spätestens! Diesmal wirst du noch geschont.

Andy berichtete glücklich und vor Freude überschäumend am Telefon, das Benni sogar schon ein Stück mit dem Fahrrad gefahren war. Er berichtete von den Freunden, die immer wieder zu der Truppe dazustießen. Die Hannoveraner Familie war sowieso dabei. Von dem kleinen Grill, den sie gerade angeschmissen hatten, und dem warmen Wind, der über Bennis ganz zart nachwachsende Haare strich. Der blonde Flaum leuchtete direkt in der Sonne. Sie lachten darüber. Alle waren vollkommen entspannt und befreit von der lähmenden Angst der letzten Monate. Dieses Gefühl konnten sie nicht genug auskosten. Immer wieder schaute Andy zu seinem Benni, ob er auch wirklich dort auf der Decke saß und lachte. Macht die Augen zu, genießt diesen Augenblick!

24. 05. 2005

Ich wälzte mich die halbe Nacht mit starken Schmerzen im Bett herum, eigentlich könnte ich auch aufstehen. Seit Tagen quälten mich diese furchtbaren Schmerzen in der Schulter, Verkalkungen waren wohl die Ursache. »Na, so lange nur die

Schulter verkalkt ist«, tröstete ich mich nach meinem Arztbesuch am Vortag. »Das werden wir schon irgendwie wieder hinkriegen. Benni muss ganz andere Schmerzen aushalten.« Ich hatte ihm davon geschrieben und er antwortete prompt per SMS: »Schmerzen sind schon nervig und woher kommt's? Bei mir gibt's leider noch keine Verbesserung.« 23. 05., 20.37 Uhr.

Plötzlich klingelte das Telefon, der Schreck fuhr mir in die Glieder. Es war kurz nach 6.00 Uhr früh. Ist was mit Benni?

Es war Jule. Sie war fertig. In der Nacht hatte jemand im Studentenwohnheim mit aller Gewalt versucht, in ihr Zimmer zu gelangen. Er hatte wie wild geklopft und ihren Namen geschrien. Sie geriet in Panik, konnte nicht weg. Da sie sich in ihrer Verzweiflung keinen Rat wusste, rief sie die Polizei. Nachdem der Spuk vorbei war, brauchte sie mich zum Reden. Ich wollte ihr gar nicht glauben, hörte aber geduldig zu. »Das hast du richtig gemacht, der wird sicher nicht mehr kommen«, versuchte ich meiner Jule übers Telefon Mut zuzusprechen. Mit der Zeit beruhigte sie sich. Ich konnte ihr nicht helfen, sie war so weit weg, über 800 Kilometer. Am Ende der Welt.

»Soll ich kommen? Vielleicht kann ich das organisieren, du bist das Wichtigste für mich. Wenn es sein muss, bin ich heute Abend bei dir.«

»Nein, nein, es geht schon«, sagte sie traurig, »ich schaff das schon irgendwie.« Wir redeten noch ein wenig, plötzlich riss jemand die Haustür auf. Laut schluchzend hörte ich Andy rufen: »Benjamin geht es sehr schlecht, er liegt auf der Intensivstation. Ich muss sofort zu ihm.«

»Mist, Jule ich muss auflegen, Andy ist gerade von der Arbeit zurückgekommen, irgendetwas ist mit Benjamin.«

»Ja Mutti, ist o.k, ich hab's gehört. Leg auf, ich schaff das schon. Sag mir bitte Bescheid, wenn du mehr weißt.«

»Tschüss meine Süße, ich hab dich lieb, halte durch.« Ich lief die Treppe runter und versuchte, Andy zu trösten. Er war völlig aufgelöst. »Was ist mit Benni?« Er war doch ganz normal am letzten Wochenende. Endlich hatte er sein schönes Einzelzimmer. Und vor gut einer Woche hatte er den Tag 100 nach der Transplantation »gefeiert«. Obwohl ich schon vor mehreren Tagen einen Riesenschreck bekommen hatte. Man sagte, er hätte einen Schimmelpilz auf der Lunge. Heimlich hatte ich im Internet recherchiert und dort nichts Gutes gelesen. Für gesunde Menschen kein Problem, für Menschen mit schwachem Immunsystem, zum Beispiel Aidskranke und Krebspatienten, jedoch bedeutete solch ein Schimmelpilz höchste Lebensgefahr. Ich hatte Andy nichts davon erzählt – ich wollte ihn nicht beunruhigen – kämpfte jedoch tagelang für mich allein mit dieser Hiobsbotschaft. Die Angst saß mir wie ein Ungeheuer im Nacken. Ich redete mir ein: »Bei Benni wird es nicht so schlimm. Er hat doch schon einige Abwehrkräfte aufgebaut.« Aber ich irrte mich. Andy wusste auch nichts Genaues, man hatte ihn nur kurz über Handy darüber informiert, dass Benni in der Nacht auf die Intensivstation verlegt werden musste und wir besser kommen sollten. Wir hatten immer wieder eindringlich darum gebeten, uns sofort zu informieren, wenn sich Bennis Zustand verschlechtert. Ich konnte und wollte Andy nicht allein lassen mit seiner Angst. Ich entschuldigte mich bei meiner Chefin, wie immer in diesen Monaten war es für sie keine Frage, es würde irgendwie auch ohne mich gehen. Wir rafften wieder einmal das Nötigste zusammen, noch schnell die Schmerztabletten eingepackt, und warteten auf die anderen. Von unterwegs informierten wir Bennis Bruder, Oma und Opa. Alle machten sich auf den Weg zur MHH, zu Benni.

Tag 1 – Intensivstation

Ich durfte mit rein zu unserem Kämpfer.

»Hallo, Benni wie geht's?«

Er lag blass und abgekämpft in seinem sterilen Bett. Viele Organe waren angegriffen, es ging ihm sehr schlecht, das war nicht zu übersehen.

Er kämpfte, wir versuchten alle, ihm zu helfen. Benni hatte auch Fieber und immer wieder diese Schmerzen. Dagegen gab es Morphium, das immer höher dosiert wurde. Wir sahen es an den Maschinen. Aber es erleichterte ihn. »Dann wird es wohl gut so sein«, dachte ich mit gemischten Gefühlen. Er ließ alles mit sich geschehen. Kalter Lappen auf die Stirn und ganz viel Ruhe – und Kraftübertragung durch unsere Hände.

Benni war an unzählige Schläuche und Monitore angeschlossen. Alles wurde penibel überwacht, bald wussten wir die Geräte und Werte zu lesen. Wir freuten uns über jede kleinste Verbesserung.

Das Fieber begann zu sinken, die Atmung wurde ruhig, der Sauerstoffsättigungsanteil im Blut war gut.

Hey, wir schaffen das!

Nur durch unsere starken Gedanken und Energien.

Es wird!

Der Doktor kam zu uns. Wir waren glücklich, von den kleinen Verbesserungen berichten zu können.

»Wir haben ihm ein fiebersenkendes Mittel gegeben«, lautete die trockene medizinische Auskunft des Arztes.

»Sehen Sie mal, die Sättigung des Blutes wird besser«, sagten wir schon etwas kleinlauter, aber voller Hoffnung.

»Wir haben den Sauerstoffanteil erhöht.« Wir schauten uns in die Augen, wir hatten keine Fragen mehr.

Wir beobachteten die Geräte, beschworen sie regelrecht. Da

musste doch noch etwas gehen. Ganz bestimmt. Das Einzelzimmer wartete. »Dort wird's richtig gut für dich, Benni – bald!«

Der Patient nebenan im selben Zimmer lag im Koma. Ein Junge, noch jünger als Benni, glaube ich. Ununterbrochen bekam er Besuch, still saßen seine Freunde und Familienangehörigen neben ihm und warteten wie wir auf das Wunder. Manchmal konnten wir nicht in das Patientenzimmer, weil er oder der alte Mann, der auch noch mit in diesem schrecklichen Raum, abgetrennt durch Vorhänge lag, gewaschen wurde oder behandelt. Später sah es keiner mehr so eng. Wir saßen doch alle im selben Boot.

Wir beteten, meditierten, probierten Shiatsu, indem wir unsere Hände auflegten, Heilungsenergie übertragen wollten. Wir taten alles, was uns nur einfiel. Wir sprachen Benni Mut zu und wollten ihn um keinen Preis aufgeben. Kämpfen, Benni! Wir verzogen uns, machten Platz am Krankenbett. Jeder wollte bei ihm sein.

Die letzten Tage

»Schatz, komm bitte mit rein, du tust ihm so gut, merkst du das nicht?« Flehend sah Andy mich an. »Siehst du seine Augen, er hat so furchtbare Angst.« Ich sah deine Augen …

»Benni, wir sind bei dir.« Wir legten unsere Hände auf seine Brust, wir schickten all unsere Kraft in sein Inneres. An den Geräten konnten wir es sehen, er wurde immer ruhiger, der Puls, die Atemfrequenz – wir sahen ein Licht am Horizont. Er rang um jeden Atemzug. »Benni, wir sind bei dir. Hab keine Angst.«

Es gab wieder Hoffnung, die Werte verbesserten sich. »Wenn es so weitergeht, kann er morgen wieder auf Station …« Die Schwestern hielten sein hart erkämpftes Einzelzimmer für ihn frei. Endlich hatte er ein eigenes Zimmer auf dieser Station bekommen. Sollte ihm nicht gleich nach der Transplantation ein Einzelzimmer zustehen? Nur zwei Tage konnte er es »genießen«. Dann musste er auf die Intensivstation.

Die Tränen stiegen uns in die Augen – vor Freude und Hoffnung. Ganz klar, er schafft es. Nichts anderes konnte sein.

Nach einem langen heißen Tag gingen wir durch den Park zurück in unsere kleine Pension. Hier hatten wir nach unserer Ankunft nach langem Suchen ein bezahlbares Quartier gefunden. Bei zwei freundlichen älteren Leuten im ehemaligen Kinderzimmer des längst erwachsenen Sohnes. In der Klinik gab es leider keine Möglichkeit für Angehörige, zu übernachten. Die Ärzte schickten uns »nachhause«. »Sie müssen auch mit Ihren Kräften haushalten«, meinten sie. Wir gingen ungern. Der kleine Spaziergang tat uns jedoch gut. Auch der kleine Imbiss und das kalte Bier, das wir uns nach diesem langen heißen Tag in der Klinik genehmigten. Wir redeten wenig, denn es war alles gesagt. Die Luft hatte sich etwas abgekühlt, mich fröstelte. Die Leute um uns herum waren so schrecklich normal. Alle mussten doch wissen, was los war. Wieso lachten und schwatzten sie alle so laut und unbeschwert?

Unsere Wirtsleute erwarteten uns wie jeden Abend. Sie vermieteten wohl schon seit langen Jahren an Angehörige der Patienten der MHH. Viele Schicksale hatten sie erlebt. Ob sie ahnten, was kommen kann? Sie sahen uns immer so komisch an. Sie redeten und redeten, meinten es sehr gut mit uns. Wir wollten nur unsere Ruhe und versuchten, nachdem wir uns endlich abgeseilt hatten, zu schlafen. »Wie wird es Benni morgen früh gehen?«

Sicherheitshalber hatten wir die Nummer des Taxis in Hannover ins Handy gespeichert, in zehn Minuten könnten wir bei ihm sein. Die Schwestern hatten versprochen, uns zu informieren, falls es kritisch würde. Wir legten unsere Sachen zum Einsteigen bereit neben das Bett. Benni, wir sind bei dir! Ich nahm Andy fest in meinen Arm, meine Schulter tat mal wieder höllisch weh, egal es musste so gehen.

Wir schliefen sofort ein. Der Körper verlangte sein Recht.

Am nächsten Morgen waren wir um 5.00 Uhr wach. Wir sahen uns nur an. Lass uns aufstehen und zu Benni gehen.

Wir hatten uns vorher versprochen, nur auf unseren Bauch und unser Herz zu hören. Keine Rücksicht auf Vorgegebenes, Übliches. Es ging um Leben und Tod, es ging um Benni. Sie würden uns schon zu ihm lassen, wir wollten ihm all unsere Kraft geben.

Als wir an seinem Bett standen, übermannte uns der Schmerz. Es ging ihm so schlecht. Und wir konnten nichts tun. Gespräche mit Ärzten nahmen uns fast jede Hoffnung. Regelmäßig holten sie die Angehörigen ins Ärztezimmer, um sie über die aktuelle Situation aufzuklären. Gehörte ich dazu? Ich wollte mich nicht dazwischendrängeln. Mal ging ich mit, mal blieb ich draußen. Je nachdem, wie viele Stühle in dem engen Raum herbeigeschafft werden konnten. Schonungslos sagten die Ärzte uns immer wieder die ganze Wahrheit. »Der Schimmelpilz hat die Lunge komplett befallen, wir werden ihn bald beatmen müssen.« Die monströse Atemmaske hatte uns schon zuvor eine Schwester gezeigt und erklärt. Sie wird am Kopf festgeschnallt und ist eine Tortur für den Patienten, erleichtert ihm aber wohl das Atmen. Wir hatten kein gutes Gefühl dabei. Könnte man ihm nicht einen Lungenflügel spenden? Dieser Gedanke jagte nicht nur durch meinen Kopf.

Ich bin zwar furchtbar feige, wenn es um Spritzen und Operationen geht, aber ich würde es tun. »Ja, ich gebe ihm einen Lungenflügel ab, dann wird alles gut.« Super Idee. Dann höre ich auch auf zu rauchen.

Wir fragten die Ärzte. Keine Chance, das würde Benni in seinem Zustand niemals überstehen.

Benjamin hatte es schon so weit geschafft wie keiner vor ihm mit diesem Krankheitsbild und den vielen Symptomen. Ich dachte trotzig: »Na also, dann schafft er das jetzt auch, es wird das Wunder von Hannover geben.«

Wir beteten zu Gott und allen, die uns einfielen. In dem Andachtsraum der Klinik, in den wir uns manchmal in unserer Not zurückzogen, saßen vereinzelt Menschen. Niemand war hier, dem es gut ging. In einem Büchlein las ich immer wieder nach, was man mit Gedanken und Energieübertragung erreichen kann. Wir versuchten alles, alles, was uns nur einfiel. Sprachen ihm Mut zu, ganz sicher hörte er uns, spürte unsere Liebe und Sorge.

Antworten konnte er nicht.

Irgendwann kamen die anderen. Ihnen ging es genauso wie uns. Wir waren so ohnmächtig!

Später fuhr jemand los und holte Getränke, Schmerz- und Baldrianpillen und ein paar Äpfel, irgendwie mussten wir ja die Stunden in dem heißen Wartezimmer überstehen.

Abschied?

Es war ganz furchtbar heiß, 35 Grad im Schatten.

Wir saßen zusammengepfercht mit zwölf Personen im Warteraum vor der Intensivstation. Hier war die gefühlte Temperatur 45 Grad, mindestens. Ich hasse diese Hitze, sie nimmt einem die Luft zum Atmen.

Wir nahmen Abschied von Benni, vier lange Tage lang. Immer im Wechsel durften zwei von uns zu ihm. Nach anfänglichen Irritationen wurden wir uns gut einig. Die Familie und seine Freundin standen immer an erster Stelle. Sie waren die wichtigsten Menschen in seinem Leben. Wir bildeten, ohne darüber zu sprechen, eine gewisse »Rangfolge«. Am Samstagmorgen durfte auch seine Patchwork-Schwester Jule, die aus dem 800 km entfernten Kehl angereist kam, noch zu ihm. Ich hatte am Tag zuvor so ein furchtbares Gefühl, schrieb eine SMS. »Wenn du Benni sehen willst, komm so schnell du kannst.« Sie fuhr die ganze Nacht durch, ganz allein. Ich holte sie am Bahnhof Hannover ab. Wir gönnten uns keine Pause. »Lass uns schnell zu Benni gehen.«

Auch seine »Schwiegerfamilie« und Freunde aus Hannover kamen immer wieder vorbei, um nach ihm zu sehen.

Aber wir glaubten nicht, dass es wirklich ein Abschied für immer sein wird. Ich war voller Hoffnung. Benni, der starke, manchmal sture Kämpfer, würde es schaffen. Es konnte nicht anders sein. Wir werden das »Wunder von Hannover« vollbringen. »Die Ärzte hatten keine Hoffnung mehr, Benni, der Kämpfer schaffte es.« So sah ich die Schlagzeilen deutlich vor mir.

Im Krankenhauspark, der etwas Schatten spendete und unsere einzige Zufluchtstätte war, erklang Musik. Blasmusiker hatten sich, um ein wenig der Hitze zu entfliehen, zwischen den Bäumen aufgestellt. Ich fand ihre tragende Musik ganz einfach schrecklich. Wie Totenmusik klang es in meinen Ohren. »Hört doch endlich auf damit!«, hätte ich am liebsten laut gerufen. Ich wurde jedoch ganz still, was konnten die Musiker dafür, sie wollten die Patienten und auch Besucher erfreuen.

In Hannover fand genau an diesem Wochenende im Mai 2005 ein Kirchentag statt. Tausende, vor allem junge Menschen, pilgerten in die Stadt, um gemeinsam zu feiern und zu beten. Ständig läuteten Glocken. Wir trafen die fröhlichen jungen Leute mit ihren Schlafsäcken im Gepäck in der ganzen Stadt. Sie bevölkerten die Bahnhöfe und saßen auf den Plätzen. Sie sangen und beteten. Ich war sicher, das alles geschah für Benni, so viele Gebete, die mussten doch erhört werden!

Schüchtern und mit Tränen in den Augen kamen einige Schwestern von Bennis alter Station hoch zur Intensivstation. Sie hielten immer noch sein Einzelzimmer frei und wollten nach ihm sehen. Ich erkannte Elma, die Benni immer liebevoll wie einen kleinen Bruder behandelte, mit ihm scherzte und schimpfte, wenn er wieder nicht essen wollte. Auch Schwester Daniela, kaum älter als Benni selbst, stand still an seinem verkabelten Bett. Und Heidrun, sie, die uns damals an der Tür zur Leukämiestation als Erste gegenüberstand und uns sagte, dass Benjamin lebt. Ihre warmen braunen Augen sahen mit einem Blick, wie es um uns stand. Und um Benjamin. Ich spürte ihren weichen Kern, den sie versuchte, mit einer harten Schale zu schützen. Es gelang ihr nicht.

»Warum haben sie Tränen in den Augen, das Wunder wird doch gleich geschehen?!«, redete ich mir ein. Ich konnte ihre traurigen Gesichter kaum ertragen, sie mussten doch zuversichtlich sein! Wer, wenn nicht sie, die erfahrenen und leidgeprüften Schwestern.

Es gab während dieser Zeit auch immer wieder Stunden, da keimte bei uns allen große Hoffnung auf. Wir atmeten auf und freuten uns: »Er wird es schaffen. Er muss, so viele Menschen glauben daran, haben für ihn gekämpft. Das darf nicht umsonst gewesen sein. Benni, wir brauchen dich so sehr.«

Schwester Elma, Daniela und Heidrun bei einem späteren Besuch in der MHH

Samstag, 28. Mai 2005

Ein neuer Tag brach an, was würde er bringen? Ich hatte Angst vor diesem Tag. Meine Hoffnung und mein Mut waren dabei, mich eiskalt und rücksichtslos zu verlassen.

Andy hatte lange überlegt, ob er Bennis Freunde in Berlin informieren sollte über den miserablen Zustand, in dem er sich in den letzten Stunden befand. Er entschloss sich dazu. Was sie daraus machten, war dann ihre Entscheidung. Er fühlte, er war es ihnen schuldig, sie hatten so unendlich viel für Benni bewegt. Mittags trafen wir uns mit Kay und einem Kumpel von

Benni aus Berlin, genannt »Torte«, im Park der MHH. Andy verließ seinen Platz an Bennis Bett seit Stunden nicht mehr. Benni kämpfte und rang um jeden Atemzug. Jule und ich gingen zu den Jungs. Wir mussten ihnen sagen, dass sie nicht mehr zu Benni durften. Keiner mehr, nur die engste Familie. Auch wir nicht. Das tat so weh. Wir lagen auf einer kleinen Wiese vor der MHH, unsere Kräfte verließen uns. Wir waren fassungslos. Die Leute schauten uns böse an: »Was lümmeln die hier rum und rauchen bei dieser Hitze?«

»Ihr habt ja keine Ahnung, es ist uns scheißegal, was ihr denkt. Die Welt geht gerade unter, merkt ihr das nicht?«, hätte ich am liebsten laut herausgebrüllt. Wir schämten uns unserer Tränen nicht, wir waren nur da, mehr ging nicht. Er würde es trotzdem spüren, so hofften wir. Er wusste, wir hatten ihn fest in unser Herz geschlossen von dem Tag an, da er in unser Leben trat. Und er hatte diesen Platz sicher, bis an unser eigenes Ende.

Um 18.13 Uhr standen alle Geräte still. Benni begab sich allein auf eine Reise, deren Ziel wir nicht kannten.

Wir mussten ihn ziehen lassen.

Nichts und niemand konnte ihn zwingen, dazubleiben.

Der Kampf war zu Ende, verloren!

Jule saß im Zug zurück nach Kehl. Ganz allein, allein mit dem Schmerz, ich konnte nichts für sie tun. Ich musste und wollte bei Andy bleiben.

Es brach mir fast noch mal das Herz.

Die Jungs aus Berlin waren zurückgefahren. Sie waren gekommen, um Benni zu besuchen, nicht um ihn sterben zu sehen. Im Auto zurück herrschte Stille, Totenstille.

Es gab einfach keine Worte für das, was geschehen war. Die Freunde, die sich sonst so viel zu sagen hatten, schwiegen. Bis

Berlin. »Torte« setzte sich an seinen Schreibtisch und verfasste einen Brief an Benni. Er nannte ihn »Nachruf eines Freundes«. Er rührte mich zutiefst, als ich ihn schon einen Tag später in dem für Benjamin eingerichteten Kondolenzbuch auf der Internetseite der »Harlekins« fand.

Hi Benny,

unser Kampf ist vorbei!

Gemeinsam haben wir alles gegeben, es hat leider nicht gereicht.

Als wir damals die Nachricht von deiner Krankheit mitgeteilt bekamen, dachten wir an einen schlechten Scherz!

Benny, Leukämie?!

Der Benny?

Der Benny, der immer was erleben wollte. Der Benny, der immer mit dabei sein wollte, »wenn was los war«, der Benny, der voller Lebensfreude war, den so schnell nichts erschüttern konnte?

Leukämie?

»Eh, das kann doch nicht war sein!«, war wohl das Erste, was uns durch den Kopf ging. »Scheiße, wieso er???« das Nächste.

Alles klar, jetzt müssen wir kämpfen, wir alle mit Benny zusammen!« musste jetzt die Devise lauten, und was von da an folgte, war absolut einzigartig.

Ausgehend von Kay, unserer Gruppe, der aktiven Fanszene und unserem Verein startete eine gemeinschaftliche Hilfsaktion, die es in dieser Form noch nicht gegeben hat.

Was mit ein paar Blutspenden im engen Kreis begann, entwickelte sich zu einer deutschlandweiten Kampagne, die selbst die verfeindetsten Gruppen oder Städte jegliche Rivalität vergessen ließ!

Nur für dich, Benny, zogen alle an einem Strang, wirklich jeder wollte dir helfen!

Einfach phänomenal, was da abgelaufen ist, stellvertretend für dich sage ich allen Spendern: DANKE!

Und dann geschah es. »Wir haben einen Spender, ja, wenn alles gut läuft, schafft er es!«

Ich bin ehrlich, dran geglaubt haben wir am Anfang nicht, zu unwahrscheinlich war eine passende Blutspende. Wie sagte der Arzt noch mal: »Die Chance liegt bei eins zu einer Million, wenn das mal reicht.«

Aber es passte, wenig später kam es zur Transplantation, alles sah gut aus.

Ist man vorher noch mit einem bedrückenden Gefühl zu dir gefahren, so war nun auf einmal Hoffnung da. »Mann, er hat die Transplantation überstanden, er kämpft wie ein Löwe, er schafft das.«

Benny, wir saßen zusammen, es ist erst ein paar Wochen her, und lachten wie in alten Zeiten.

Scheißessen hier, und die Krankenschwestern sind auch nicht der Hit, na ja, bis auf die eine, haste die schon gesehen?«

Muss ich noch mehr sagen?

An diesem Tag fuhren wir zurück nach Berlin und die nachfolgenden Stunden sahen in etwa so aus: »Hast du gesehen, wie gut er drauf war, hast du sein Lachen gesehen, ey Mann, er schafft das wirklich.«

»Ja, er schafft es!«

»Ohne Scheiß, er schafft es!«

Er schafft es!

Benny, die nächsten Wochen verliefen mehr oder weniger nach Plan, dein Körper stabilisierte sich, es sah alles danach aus, dass wir demnächst wieder außerhalb des Krankenhauses zusammen sein werden, den sterilen Anzug gegen janz normale Klamotten tauschen können.

Aber warum soll auch endlich mal etwas gut laufen?

Am Freitag dann, niemand dachte wirklich an schlechte Nachrichten von dir, erfuhren wir von der plötzlichen Verschlechterung deines Zustandes.

Dabei sah doch alles so gut aus.

»Wenn ihr ihn noch mal sehen wollt, dann kommt jetzt hierher, es ist wirklich ernst.«

»Bitte was, bin ich hier im falschen Film, das gibt's doch nicht!«

Wir machten uns auf den Weg, um das letzte Mal in deiner Nähe zu sein, irgendwie wollten wir dir helfen.

»Das kann's nicht gewesen sein, da muss noch was gehen!«

Es ging leider nichts mehr.

Benny, trotz hartem Kampf gegen die Krankheit, dem Ankämpfen gegen all die Schmerzen, trotz dem unglaublichen Lebenswillen, der dich immer wieder antrieb, hast du es nicht geschafft.

Fassungslos mussten wir erleben, dass der Kampf verloren war. Im Alter von 21 Jahren ging ein Freund von uns, der sich bis zuletzt gegen sein Schicksal wehrte und für seinen Kampf nicht belohnt wurde.

Benny, wir werden dich immer in Erinnerung behalten, dein Geist wird für immer bei uns sein.

DU BIST FÜR IMMER EIN TEIL VON UNS!

Nichts würd ich mir im Moment mehr wünschen, als noch einmal sagen zu können:
»Hi Benny …«

Unser tiefstes Mitgefühl gilt deiner Familie, deiner Freundin und allen, denen du am Herzen lagst.

Torte, im Mai 2005

Irgendwann am Abend mussten wir zurück in unsere Unterkunft gehen. Wir waren wie betäubt. Unsere Vermieter erwarteten uns schon. Sie holten uns in ihr Wohnzimmer. Sie redeten ohne Pause auf uns ein. Sie meinten es gut, wir sollten wohl nicht zur Besinnung kommen. Ich verstand kein Wort, sah Andy an und wollte nur weg. Sie stellten uns ein kaltes Bier hin. »Trinken Sie, das beruhigt.« Die Glocken zum Ausklang des Kirchentags läuteten in ganz Hannover. Später zog ein mächtiges Gewitter auf. Es donnerte und blitzte mit aller Gewalt, die die Natur zu bieten hatte. Und der Himmel weinte, er weinte mit uns den ganzen Schmerz heraus.

Am Nachmittag des nächsten Tages fuhren wir gemeinsam mit Bennis Großeltern in Richtung Heimat. Zuvor gab es noch einiges zu regeln. Auch das lang ersehnte Einzelzimmer in der MHH musste geräumt werden. Andy bat mich mitzugehen. Wir packten alle gemeinsam das Wenige zusammen, was Benni in den letzten Monaten gebraucht hatte. Uns liefen die Tränen, das konnte doch nicht sein!?

Zuhause bei uns stand mein Lieblingskuchen auf dem Küchentisch, meine Mutti wollte uns einen winzigen Trost spenden. Das rührte mich sehr. Unsere Nachbarn sahen an unseren hängenden Köpfen, was passiert sein musste. Während der ganzen langen Zeit standen sie uns immer zur Seite. Wir brauchten nur über den Zaun zu rufen, dass wir nach Hannover müssen und konnten uns darauf verlassen, dass alles klappt. Adele wurde immer liebevoll umsorgt und ausgeführt, Haus und Hof wurden bewacht, das war für uns eine große Erleichterung.

Die ersten Freunde, Verwandten und Bekannten kamen, um uns ihr Beileid auszusprechen. Es gab auch einige wenige, die wollten schnell wieder weg, keine Zeit. Es war sicher auch für sie nicht leicht, ich kann das heute gut verstehen, aber es tat mir zusätzlich sehr weh. »Keine Zeit«, was konnte das in dieser Situation schon bedeuten.

Manche kamen gar nicht. Ich konnte nicht glauben, dass es irgendeinen Menschen geben könnte, der nicht mit uns traurig war.

Abends flüchteten wir zu unseren Freunden. Sie haben ein Grundstück am See. Dort konnten wir uns fallen lassen. Wir saßen am Wasser und erzählten das Unfassbare.

Die Welt blieb stehen. Wir erzählten von Benjamin und einmal lachten wir sogar. Ich erschrak mich zu Tode. Wie konnten wir lachen? Benni war gestorben! Wir hatten es noch gar nicht begriffen. Noch lange nicht. Es würde Jahre dauern, so sagte man uns später, ehe man diese furchtbare Tatsache überhaupt begreift, annimmt und vielleicht irgendwann einmal akzeptiert.

Am selben Tag fand in unserem Nachbarort zwischen dem ansässigen Fußballverein und einer Auswahl von »Hertha BSC« ein Freundschaftsspiel statt.

Vor einigen Wochen hatten wir überlegt, ob wir nicht mit Benni daran teilnehmen könnten. Schön draußen im Freien, nicht so voll. Das müsste langsam gehen.

Über Nacht hatten die Berliner Freunde ein Banner gemalt und schon zu diesem Spiel aufgehängt.

»Trauer um Benni – RIP« stand darauf.

Die Leute erzählten es uns am nächsten Tag. »RIP«, was heißt das? Ich hatte das noch nie zuvor gehört. Wer interessiert sich schon dafür, wenn er nichts damit zu tun hat? »Rest in Peace – Ruhe in Frieden!« Das wünschten ihm seine Freunde und Weggefährten. Sie selbst konnten es nicht begreifen. Überall im ganzen Land, ob in Berlin, Karlsruhe, Hannover … Die Nachricht verbreitete sich wie ein Lauffeuer. Sie erwischte die Freunde und Verwandten beim Feiern, beim Tanzen, zur Grillparty. Es war ein Schock! Niemand hatte mehr damit gerechnet. Man wusste doch, die kritischen hundert Tage waren überstanden. Benni war an seinem 21. Geburtstag vor drei Wochen im Park zum Grillen unterwegs. Alles war doch bestens gelaufen.

Sie hatten alle so gekämpft, zusammengehalten wie Pech und Schwefel.

Viele weinten hemmungslos, das erste Mal seit Langem. Manche blieben stumm. Nichts war wie vorher.

Andy schläft …

10. Juni

Andy schläft, ich schleiche mich davon.

Geschafft, er hat es nicht gemerkt und atmet ruhig weiter.

Ich stand ständig unter Strom und hatte Angst, dass er das alles nicht schafft, einfach zusammenbricht. Oder durchdreht.

Ich werde mir den Schmerz von der Seele schreiben. Jetzt sofort und immer wieder. Bis es besser wird.

Es ist unfassbar, aber sein Junge, unser Benni, ist tot.

Groß prangte es auf den ersten Seiten der bekanntesten Berliner Tagesblätter. »SO TRAURIG, Benni ist tot!« titelte der »Berliner Kurier«. Der Reporter mit den traurigen Augen meldete sich wieder zu Wort: *»Benni hat uns mitgenommen auf den letzten Abschnitt seiner Lebensreise. Benni hat gekämpft und damit andere zu Kämpfern gemacht. Benni hat gehofft und damit anderen ermöglicht, aufeinander zuzugehen und gemeinsam für die Hoffnung einzustehen. Benni hat uns die Augen geöffnet. Vor allem jenen unter uns, die viel zu selten kapieren, was Schicksal bedeutet.«*

Genauso war es!

Die Menschen hatten ein Recht, es zu erfahren. So viele hatten mitgekämpft und uns begleitet. Nun schaute er uns mit dem Blick in die Ferne an, von den Titelblättern. »Er hat es nicht geschafft!« steht in der »Berliner Morgenpost«. Es brennt sich ein in das Gehirn, in das Herz, in den ganzen Körper. Es ist ein einziger Schmerz. Morgen ist wieder Sonnabend. Schon ... erst?? Zwei Wochen ist es her, der schlimmste Tag in unserem Leben.

Das, wovor wir seit genau neun Monaten bleierne, lähmende Angst hatten, war eingetroffen. Benni schaffte es nicht. Er kämpfte und rang um jeden Atemzug, wir alle waren bei ihm, fast die ganze Familie. Dann standen die Geräte still. Wir mussten ihn gehen lassen. Benjamin wollte und brauchte sich nicht länger zu quälen und zu kämpfen. Niemand hatte das Recht, das von ihm zu verlangen. Er durfte gehen. Er ging in Frieden. Wir mussten Abschied nehmen – und mussten zurückbleiben.

Die Zeit dazwischen

Juni 2005

Wir erfuhren unglaublich viel Wärme, Mitgefühl und Trost.

Unsere besten Freunde standen fest zu uns. Gestern brachte uns meine Freundin ein Buch. Ich solle alles aufschreiben, o. k., ich schreibe …

Wir brauchten Hilfe, ich spürte es, sonst würden wir untergehen. Es tat alles so weh, die Bilder der letzten Tage waren nicht zu verarbeiten. Ich war am Ende meiner Kräfte und griff nach jedem Strohhalm. Wir suchten eine Heilpraktikerin auf. Sie nahm sich viel Zeit für uns und versuchte zu trösten. Sie bot uns an, Kontakt zu Benni aufzunehmen, um ihm zu sagen, was ungesagt geblieben war. Ich brauchte das nicht.

Ich war so froh, wenigstens das erledigt zu haben. Ich hatte Benni alles gesagt und spüren lassen. Es war nichts offen zwischen uns. Ich hatte ihm einen langen Brief geschrieben, darin stand alles, was zwischen uns beiden wichtig war. Die halbe Nacht hatte ich mir mal wieder um die Ohren geschlagen, weil ich mir Sorgen machte. Was konnten wir noch tun? Ich zitierte aus meinem Lieblingsbuch »Sorge dich nicht, lebe!« Ich tippte ganze Passagen ab für Benni, z. B. dieses Gedicht:

Nur heute

1. *Heute will ich glücklich sein. Deshalb glaube ich, was Abraham Lincoln sagte. »Die meisten Menschen sind so glücklich, wie sie sein wollen.« Glück kommt von innen, es hat mit äußeren Umständen nichts zu tun.*

2. *Heute nehme ich alles, wie es ist, und zwinge den Dingen nicht meinen Willen auf. Ich nehme alles so, wie es kommt und stelle mich darauf ein.*
3. *Heute kümmere ich mich um meinen Körper. Ich bewege ihn, pflege ihn, ernähre ihn gesund. (Trink bitte, so viel du kannst, verschiedene Kräutertees, Mischungen, die viel bewirken können, das haben wir gerade im Freundeskreis live erlebt, nicht nur im Essen herumstochern, du musst Gesundes zu dir nehmen, um Kraft und Energie zu schöpfen)*
4. *Heute trainiere ich meinen Geist. Ich lerne etwas Nützliches und faulenze nicht, sondern lese etwas, was Anstrengung, Konzentration und Denkarbeit verlangt.*
5. *Heute mache ich drei Seelenübungen: Ich erweise jemandem einen Gefallen, ohne dass er es merkt und tue zwei Dinge, die ich nicht gern tue, um in Übung zu bleiben, wie Willem James es nennt.*
6. *Heute möchte ich erfreulich sein. Ich mache mich so hübsch wie möglich, ziehe mich nett an, spreche leise, bin höflich, lobe oft, kritisiere niemand, nörgle nicht und versuche nicht, andere zu ermahnen oder zu verbessern.*
7. *Heute lebe ich allein für diesen Tag und versuche nicht, alle Probleme meines Lebens auf einmal zu lösen.*
8. *Heute bin ich ohne Angst, vor allem habe ich keine Angst davor, einen Moment glücklich zu sein, das Schöne (den Augenblick) zu genießen, zu lieben und zu glauben, dass die Menschen mich auch lieben, die ich liebe.*

»Lieber Benni, ganz schön viel auf einmal …«, ich schickte ihm neben dem fünf Seiten langen »Aufbau-Brief« auch Briefmarken, Postkarten und die Idee mit, er solle allen schreiben, dann würde er ganz viel Post zurückbekommen und viele kleine Freuden haben. Echte altmodische Post, keine elektronische.

»Er hat ja Zeit zum Lesen. Mein Brief kann ruhig so lang werden«, dachte ich bei mir und tippte fleißig weiter. Der eine oder andere Gedankenanstoß würde ihn vielleicht wieder ein Stück voranbringen. Und ich konnte sowieso nicht schlafen, weil ich nur grübelte und mir selbst furchtbare Sorgen machte. »Sorge dich nicht, lebe« – leicht gesagt. Da half Schreiben immer am besten. Ich hatte in dem Brief auch versucht, ihm Mut zu machen, alles ausgekramt, was mir einfiel. Ich riet ihm, seine schlechten Tage in kleine Einheiten zu teilen. Auch Naturmittelchen könnten vielleicht mehr helfen, als wir bisher bedacht hatten. Wir sollten es probieren. Und er sollte wissen, wie gern ich ihn hatte und wie wichtig er mir war. Schwarz auf weiß sollte er es haben. Benjamin bedankte sich am 14. 05. 2005, 21.08 Uhr artig mit einer SMS: »Habe gerade deinen Brief bekommen, werde schon mal mit dem Tee anfangen ☺, aber es gibt auch gewisse Dinge, die in dieser Situation nicht richtig zu realisieren sind. Liebe Grüße.« Ich weiß Benni, ich weiß …, lass uns trotzdem alles versuchen!

Durch das Gespräch bei der Heilpraktikerin wurden wir ein wenig ruhiger, Bachblütentropfen sollten uns helfen, die nächsten Wochen zu überstehen. Auf dem Nachhauseweg fühlten wir uns etwas besser, es regnete, der Scheibenwischer schaffte es nicht. Ein richtiger Wolkenbruch. »Benni lässt grüßen«, dachte ich. Ich mochte den Regen.

Unzählige Beileidsbriefe von bekannten und fremden Menschen füllten von nun an wochenlang unseren Briefkasten. Wir lasen sie alle immer wieder mit Tränen in den Augen. Wir bekamen Besuch von Verwandten, Vereinskameraden und immer wieder unsere Freunde, die sich trauten, in dieser Zeit zu uns zu stehen.

Das Kondolenzbuch im Internet hatte mittlerweile 2500 Einträge und 125.000 Zugriffe. Es tat jedes Mal weh, diese zu lesen, aber es gab auch Kraft und machte stolz auf die Jungs und Mädels, Mütter und Väter. Ich wollte manchmal nicht reinschauen, aber irgendwie war es wie ein Zwang, ich tat es immer wieder – heimlich. Vielleicht dachte ja Andy gerade mal nicht daran und ich wollte ihm die Minuten der Erholung gönnen. Ihn nicht daran erinnern, dass Benni nicht mehr da war. Das war natürlich Schwachsinn. Er hatte keine anderen Gedanken. Er war so traurig. Was konnte ich nur für ihn tun? Ich war auch furchtbar traurig. Und er tat mir so unendlich leid. Ich litt mit ihm, war, wie das Wort sagt, »voller Mitleid«. Und konnte so wenig tun. Nur dafür sorgen, dass er etwas zu sich nahm, irgendwann versuchte zu schlafen und überhaupt weiterleben wollte.

Ich hatte furchtbare Angst vor dem 25. Juni, dem Tag der Beisetzung, war wie gelähmt …»Wir nehmen gemeinsam Abschied« schrieben die »Harlekins« im Internet. »Wir kommen im Autokorso nach Hennickendorf, um Benni die letzte Ehre zu erweisen.« Oh Gott …

Ich ging in dieser Zeit gleich wieder arbeiten. Zuhause konnte ich es nicht aushalten. Außerdem wurde ich gebraucht. In der Kita und im Hort wird man immer gebraucht. Die Kinder taten mir gut. Hier konnte ich das Erlebte für kurze Zeit vergessen und meine Liebe weitergeben. Die älteren Kinder, unsere Hortkinder, konnten ja lesen und schnappten auch manches Gespräch der Erwachsenen auf, hatten natürlich mitbekommen, was passiert war.

Als ich an einer Schuljahresabschlussfeier teilnehmen sollte, entschuldigte ich mich: »Wir haben einen Todesfall in der Familie.« Ich wollte schreien: »Eine furchtbare Katastrophe ist passiert, Benni ist gestorben, ihr müsst es doch alle wissen, wie kann ich da feiern?« Ich dachte, jeder wüsste es.

Einige der Kinder gingen später mit ihren Eltern auf den Friedhof und brachten Benjamin einen Gruß. Sie schauten mich traurig an, meist trauten sie sich nicht, mich anzusprechen. Auch ich war unsicher, wie mit diesem Thema und Kindern umzugehen ist. Hier besteht noch ein großer Bedarf in unserer Gesellschaft, sollten sich nicht auch die Kinder mit dem Thema Tod und Sterben auseinandersetzen? Es gehört zum Leben dazu wie die Geburt. Und Benni brauchte genau neun Monate dazu. Genauso viel Zeit, wie um auf diese Welt zu kommen, nahm er sich, um zu gehen.

Meine Kollegen hatten es sicher nicht leicht mit mir in dieser Zeit, aber sie waren voller Verständnis und Mitgefühl. Dafür war ich sehr, sehr dankbar.

Manchmal übermannte mich der Schmerz, es genügte ein kleines Vorkommnis, wie ein bestimmtes Kuscheltier, das ein kleines Kind im Arm hielt. Oder ein Kinderfilm, in dem eine Familie auseinandergerissen wurde oder ein Stern Wünsche erfüllen kann. Märchen sind auch immer so grausam.

Wortlos und ganz selbstverständlich übernahmen meine Kollegen, bis ich wieder »arbeitsfähig« war.

Auch die Proben zur Einschulungsfeier – da standen sie, die kleinen Knirpse. Waren neugierig und aufgeregt, was das neue Leben als Schulkind bringen würde. Ich kannte Benni aus dieser Zeit nur von Bildern. Er war ganz sicher ein Sonnenschein. Ich musste raus aus dem Probenraum, ich konnte es einfach nicht aushalten. Irgendwann kam ich wieder, es musste weitergehen.

Benni stehend, rechts mit seinen Freunden als fröhlicher, freundlicher 5-Jähriger

Vorabend Beisetzung

27. 06. 2005

Auf der »Hertha«-Internetseite war heute, am Vorabend der Beisetzung von Benni, zu lesen, dass die Polizei den von den »Harlekins« organisierten Autokorso begleiten wird. Es gab wohl auch viel Ärger deswegen, man hielt ihn uns aber fern, das war gut so. Auch hier in unserem Ort wurde diese Sache vom Bürgermeister und seinem Stellvertreter sofort zur Chefsache erklärt. Die Mitarbeiter des Ordnungsamtes halfen uns unkompliziert und voller Verständnis. Schon am Telefon konnte ich manches regeln.

Alles andere wurde ohne unser Dazutun organisiert, angemeldet und besprochen. Wir waren zu nichts in der Lage.

Hunderte Menschen wurden erwartet, alle wollten Benjamin die letzte Ehre erweisen. Ich fürchtete mich auch vor den Presseleuten, die sicher auftauchen würden. Wie würden sie sich verhalten?

Warum kam bei mir nur so ganz versteckt etwas Dankbarkeit auf, dass Benni so viele Menschen auf seinem letzten Weg begleiten wollten. Ich hatte einfach nur Angst, vor den Massen, vor dem Tag, vor unseren Gefühlen.

Wir waren noch einmal mit Jule und Patrick auf dem Friedhof. Es war zu viel. Die Grabplatte mit dem Spruch für Benjamin war schon eingelassen.

»Deine Sonne ging unter, ehe der Abend kam« stand in schlichter Schrift darauf geschrieben. Voller Mitgefühl hatte uns die Chefin des Steinmetzbetriebes aus Strausberg beraten und zur Seite gestanden in diesen schweren Stunden. Alles wurde nach unseren Vorstellungen umgesetzt. Die Silhouette von Berlin, Bennis Geburtsort und als Zeichen seiner großen Liebe zu dieser Stadt und auch das Wappen wurden eingraviert. Andy hatte alles selbst entworfen und gezeichnet.

Wir suchten eine schöne und sehr würdige Stelle auf unserem Friedhof aus. Ein Denkmal aus Naturstein. Auch das hatte seine Bedeutung, Bennis Traum war es, nach dem Abi Geologie zu studieren.

Alles wurde gemeinsam mit seiner Mutter immer so besprochen, wie es Benjamin wahrscheinlich gefallen hätte. Wir hatten leider nie mit ihm darüber gesprochen, was wäre wenn … Das tut man nicht, dachten wir. Niemand wollte den Gedanken an einen verlorenen Kampf aussprechen, nicht einmal zulassen. Niemand hatte den Mut dazu. Ich am wenigsten. Vielleicht wäre es gut und wichtig gewesen? Vielleicht wartete Benni sogar darauf, dass wir einmal mit ihm darüber reden und hatte auch Angst davor?

Ich stand vor dem Grab und hätte alles darum gegeben, zu wissen, was Benni von allem hält. War er einverstanden?

Beobachtete er uns vielleicht sogar?

Irgendwo musste er doch sein. Der Schmerz überwältigte uns mit aller Macht. Das soll es gewesen sein? Das konnte nicht sein.

Benni würde einen würdevollen Abschied bekommen. Er wäre bestimmt stolz, solch eine Familie, solche Freunde zu haben. Aber für die, die er zurückließ, war das kein Trost.

Wir kamen irgendwie zuhause an und wussten nicht, wie wir die nächsten Stunden und Tage überstehen sollten. Jedes Lied im Radio wühlte Erinnerungen oder Gefühle auf. In jedem Film gab es Tote oder Kranke. Jedes Gespräch erschien irgendwie hohl und sinnlos gegen das, was unsere

Gedanken eigentlich wirklich beherrschte. Es war einfach furchtbar.

Ich dachte an Benni, an meine Zeit mit ihm und die letzten Monate.

Wir sprachen von ihm und ich glaubte fest, dass er es irgendwo da oben spürt.

Auch wenn seine Sonne unterging, ehe der Abend kam, Benni hatte ein intensives, pralles Leben – ganz sicher hatte er auch mehr und intensivere Freuden als manch 80-Jähriger. Er konnte den Abend nicht erleben, aber den Morgen und auch einen großen Teil eines erfüllten Tages. Mit allen Höhen und Tiefen. Es war wohl vorherbestimmt. Das tröstete mich, für einige Augenblicke.

Ganz Deutschland vereinte Benjamin im Kampf gegen einen gemeinsamen Feind, die Leukämie. Und er vereinte tausende in ihrer Trauer um ihn. 140.000 Zugriffe und 2700 Einträge las ich im Kondolenzbuch der »Harlekins« zu diesem Zeitpunkt. Wer hat je so viele Menschen bewegt?? Ich las es immer wieder heimlich, wollte die anderen nicht belasten. Sie taten dasselbe.

Mir persönlich waren die auch hier ausgerufenen Spendenaktionen ziemlich unangenehm. Ich wollte das nicht. Aber ich wurde nicht gefragt.

Nur der Gedanke an meine Vision, irgendwann einmal eine Stiftung zu gründen – meine »Benjamin-Bienert-Stiftung«, anderen unkompliziert und wirkungsvoll helfen können – im Sinne von Benni. Dieser Traum tröstete mich.

Tag nach der Beisetzung

Heute ist der Tag danach. Ein unendliches Blumenmeer schmückt Bennis Grab.

Die Beisetzung war sehr ergreifend, aber für mich unwirklich. Ich nahm alles wie durch einen Schleier wahr.

Mehrere hundert Menschen waren gekommen, alle drückten den Eltern, der Freundin und den Angehörigen die Hand oder nahmen sie einfach in den Arm. Ich hatte Angst, dass Andy es nicht schaffen würde. Ich stand hinter ihm, hinter mir Jule, hinter ihr unsere Freundin Angelika. Unbezahlbar, solche Liebe und Kraft zu spüren. Ihr Mann sah aus wie ein gekaufter Sicherheitsmann und hielt uns die Presseleute vom Leib. Die Feuerwehrleute unseres Ortes und viele Helfer versorgten die Trauergäste mit Getränken bei der brütenden Hitze. Manche waren kurz vorm Umkippen. Das Ordnungsamt sperrte die Straßen ab. Unser Dorf befand sich im Ausnahmezustand.

Benni war es ja oft unangenehm, wenn um seine Person solch ein Wirbel gemacht wurde. Ich glaubte aber, wenn er das sehen könnte – und ich weiß, er hat es gesehen, von wo auch immer (vielleicht von dem alten Kastanienbaum, der an seinem Grab steht oder von der Wolke, die langsam den Himmel bedeckte und weinte, als wir alle zusammen in unserer Schulaula Abschied nahmen), ich glaub, es erfüllte ihn doch mit ein wenig Stolz.

Seine Familie, friedlich vereint, mit Patchworkeltern, »Schwiegereltern« und Geschwistern, Familie und Freunde von uns, fremde Menschen und seine »Harlekins«. Auch sie waren seine Familie in Zeiten, als Benni seine eigene heile Welt auseinanderbrechen sah.

Mit 70 Autos kamen die Berliner herausgefahren.

Später sah ich erst auf Bildern von der Beerdigung, wer alles gekommen war. Leute von Hertha BSC, die »Harlekins«, befreundete und verfeindete Fußballvereine, Freunde und Bekannte von uns, ehemalige Lehrer, Freunde und Weggefährten aus Bennis Zeit hier bei uns zuhause. Verwandte, Nachbarn, Kollegen, Bekannte und Vereinskameraden von uns. Trauernde kamen aus dem ganzen Land angereist. Handballer, Eisbären, Hannoveraner, Karlsruher, Menschen, die bei den Aktionen mitgeholfen hatten … Ich hatte nichts gemerkt an diesem Tag, niemanden gesehen.

Am Abend gingen wir noch einmal auf den Friedhof, um in aller Stille Abschied zu nehmen.

Ein junges Mädchen, ich glaub, sie ging bis zur sechsten Klasse mit Benni zur Schule, kam mit einer Rose. Wir sahen, wie sie schüchtern einen großen Bogen um uns machte, dann jedoch nahm sie wohl all ihren Mut zusammen und kam direkt zum Grab. Wir hatten das Gefühl, es gibt keine Familie, keinen Menschen in unserem Heimatort und in unserem großen Freundes- und Bekanntenkreis, der in diesen Stunden nicht in Gedanken bei uns war.

Irgendwie schien sich diese Kraft auf uns zu übertragen. Aber besonders unsere engen Freunde haben uns beide damals in jeder Sekunde gehalten und gestützt. Manche von ihnen kannten Benni von Geburt an, andere hatten ihn nur ein-, zweimal gesehen.

Wortlos übernahmen einige die Organisation der Trauerfeier, hielten alle Probleme von uns fern, alle standen uns zur Seite. Viele waren froh, so sagten sie uns später, überhaupt ihre Hilflosigkeit durch aktives Mittun überwinden zu können. Den Schmerz konnte uns keiner nehmen, aber gehalten haben uns unsagbar viele.

Ein Tütchen mit einem Buch »Trost« hing an unserer Tür, als wir wiederkamen. Und ein lieber Brief … »Ihr Lieben, wir sind nun einige Tage nicht da, doch nicht unerreichbar. Solltet ihr uns brauchen, ruft einfach an. Wir kommen, oder sprechen am Telefon. Eure Freunde Helmut und Angelika

PS: Wir sind natürlich auch für euch da

Tobi und Nicki (Tobi war schon mein Kindergartenkind und ist das inzwischen erwachsene Kind der beiden, Nicki ist seine Freundin, die man gleich ins Herz schließen muss.)«

Ich musste das immer wieder lesen, es tat so gut.

Warum meldeten sich manche Leute, für die wir immer da waren, gar nicht?? Das tat nicht gut.

Der Redner hatte mit seinen Worten in der kleinen Friedhofskapelle wohl die Herzen der Menschen erreicht. Er erzählte von Benjamins Leben und seinem Kampf. Am nächsten Tag konnte man in vielen Zeitungen darüber lesen. Mich und meine Tochter Jule vergaß er zu erwähnen, ich hatte es gar nicht gemerkt. Freunde, die von meinem Leben und Benjamin wussten, sprachen uns darauf an. Sie konnten es nicht glauben, dass wir einfach nicht existierten und waren sehr traurig darüber. Benni hätte uns nicht vergessen, das wusste ich genau.

Benni war da

Eine ganze Nacht lang – einen ganzen Traum lang – habe ich mit ihm gequatscht, gelacht. Es war so wirklich, vollkommen natürlich.

Benni war gut drauf, lustig, etwas spöttisch – so, als wäre nichts gewesen. »Benni, weißt du überhaupt, was du hier hinterlassen hast?«, frage ich ihn schnell. »Wir können mit unserer Trauer kaum fertigwerden, der Schmerz und die Erinnerung an deinen tapferen, aber vergeblichen Kampf sind so übermächtig.

Und du kommst hier ganz cool vorbeispaziert, mitten in der Nacht.«

Ich spürte ganz deutlich, was du uns sagen willst: »Macht weiter so, trauert um mich aus tiefem Herzen, aber vergesst nicht zu leben. Mir geht es gut. Ich bin doch bei euch, Frauke, du weißt es doch, sag es auch den anderen. Darum komme ich zu dir. Dir glauben sie vielleicht. Vaddern würde mir nicht glauben, er würde alles nur als Traum abtun.« Ja genau, das sagte Benni mir. Als ich aufwachte, fühlte ich mich erfüllt, in tiefem Frieden mit mir und meiner Trauer. Ein Gefühl, das ich vorher nicht kannte. »Danke Benni, manchmal verstehen wir uns doch prima. Komm bitte wieder mal vorbei, wenn du uns allen was sagen willst. Das wäre wunderbar, es tut unendlich gut.«

Wenn ich zum Friedhof gehe, und das tue ich ziemlich oft und meistens ohne Andy, dann ist es anders. Es ist ein Ort, ein würdiger Platz, liebevoll gepflegt von uns. Manchmal liegen Briefe, Bilder oder Blumen an seinem Grab, von Freunden und Fremden aus allen Himmelsrichtungen. Hier kann ich nicht den Kontakt aufnehmen, hier ist es zu traurig, einfach nur hoffnungslos und traurig.

Zuhause, an unserem kleinen Altar, lass ich mich darauf ein. Hier spüre ich, wenn ich eine Kerze für Benni anzünde, da ist noch etwas. Etwas zwischen Himmel und Erde, das sich nicht erklären lässt, noch nicht.

Benni ist da!

Ich druckte diese Zeilen aus und wollte sie noch einmal am Computer lesen. Aber sie sind weg, nicht auffindbar, ich durchlaufe alle Suchprogramme. Es wird mir unheimlich. Willst du mir beweisen, dass du mit am Schreibtisch sitzt? Das ist mir sehr recht, so weiß ich, dass nichts ohne deine Zustimmung läuft. Sollte plötzlich alles verloren gehen, wird dieses Buch nie erscheinen, dann war das dein Wille. Ich lass mich überraschen, aber zunächst tippe ich diese Geschichte noch mal ab. Ich finde sie sehr wichtig.

Ich denk an dich, Benni!

Ein Jahr später

Der Kampf geht weiter

Das Telefon klingelte. Anne, eine »Sangesschwester« aus unserem Chor, in dem wir seit einigen Jahren beide Mitglied sind, war dran. Wir hatten vor Bennis Erkrankung nicht viel miteinander zu tun. Nicht mehr und nicht weniger als mit den anderen »Sangesfreunden«. Als sie jedoch von unserem Kampf erfuhr, nahm sie großen Anteil. Das ging damals so weit, dass sie einem Berliner Radiosender in der Vorweihnachtszeit von der Geschichte erzählte. Den Inhalt des Briefes teilte sie uns mit. »Ihr werdet bald einen Anruf bekommen von dem Moderator. Wundert euch nicht, aber ich habe Andy für eine Weihnachtsüberraschung vorgeschlagen.« So schrieb sie uns damals in einem Brief. Erreichbar waren wir in diesen Wochen nur über den Anrufbeantworter oder ab 22.00 Uhr. »Meine Jungs (sie hat zwei erwachsene Söhne) werden sich auch noch typisieren lassen, wenn unser Doktor wieder aus dem Urlaub zurück ist.« Der Anruf des Radiosenders kam tatsächlich, Andy stotterte vor Schreck ein paar Sätze zusammen, die am nächsten Morgen ein-, zweimal über den Äther liefen. Danach war schon wieder der nächste Fall dran, es gab so viele Schicksale, wo Hilfe dringend notwendig war. Wir durften nach Berlin in das Studio fahren, um uns einen Scheck abzuholen. Darüber freuten wir uns natürlich sehr. So konnten wir die horrenden Telefonrechnungen bezahlen und etwas großzügiger bei den Weihnachtseinkäufen sein.

»Mein Sohn Kay hat Post vom NKR, er könnte als Spender infrage kommen. Was wird wohl auf ihn zukommen?«, fragte Anne besorgt. Wir hatten schon erfahren, dass aus der Zeit, in der die Leute sich »für Benni« typisieren ließen, einige zum Nachtypisieren bestellt wurden. Und wir wussten auch, dass nach Übereinstimmung der ersten zwei Merkmale aus der Blutprobe die nächsten genetischen Merkmale Schritt für Schritt mit dem Erkrankten abgeglichen werden mussten. Der »genetische Zwilling« brauchte viele Übereinstimmungen, perfekt wären wohl acht, so erinnerte ich mich. Kay könnte also für einen unbekannten Kranken passen. Wieder einmal »die Nadel im Heuhaufen«. Viel konnten wir der Mutter von Kay nicht an Sorgen nehmen, denn Genaues über den Ablauf wussten wir nicht.

Monate später war es dann endlich so weit, Kay fuhr nach Hannover in die MHH, um seine Stammzellen für einen jungen Mann zu spenden. Er hatte sich tagelang vorher spritzen müssen, um die Vermehrung der Zellen anzuregen. Das blieb nicht ohne Nebenwirkungen, die aber schnell wieder verschwanden. Andy wühlte das alles sehr auf, ich fuhr mit Jule alleine nach Hannover, um Kay bei seiner Spende zu begleiten. Ich wollte mehr wissen, um den Menschen Mut zu machen, die vielleicht einmal als Spender angefordert werden. Um ihnen zu sagen: »Der Kampf war nicht umsonst. Ihr könnt Lebensretter werden, wenn auch nicht für Benni, aber vielleicht für einen anderen.« Und vor allem, um sie aufzuklären. Die ganze Prozedur war nicht ganz ohne. Aber man hatte die Chance zu helfen, Menschen glücklich zu machen mit dem Kostbarsten, was wir haben.

Dem geschenkten Leben!

Kay lag dort auf der Transfusionsstation der MHH im Bett. Wenige Meter von Bennis ehemaligem Zimmer entfernt. Wir kannten uns aus, waren monatelang hier auf dem Gelände, im Haus ein- und ausgegangen. Die Erinnerung und das Bewusstsein des Unfassbaren holten uns mit aller Macht ein. Wir mussten uns erst mal sammeln, bevor wir den tapferen Spender besuchten. Dann gaben wir uns locker und frohen Mutes und gingen zu Kay. Er war vollkommen verkabelt. Aus der linken Armvene lief das Blut über dünne Schläuche in eine Art Zentrifuge. In diesem Gerät, wurde, ähnlich der Dialyse, alles überwacht. Der Anteil der Stammzellen wurde gezählt und dieses kostbare Gut herauszentrifugiert. Über die rechte Armvene lief das eigene Blut sofort wieder in den Körper zurück. Über einen Tropf erhielt Kay alles andere, was ihm im Augenblick fehlte. Die Mediziner waren ohne Unterbrechung an seinem Bett und passten auf, dass alles gut lief. Im wahrsten Sinne des Wortes. Diese Prozedur dauert mehrere Stunden, in denen der Spender still ausharren muss. Dann ist es geschafft!

Wenige Minuten später sah Kay einen Hubschrauber vom Parkdach der MHH starten. Die Schwestern sagten ihm, dass dieser den Arzt mit den kostbaren Stammzellen unverzüglich zum Flugzeug nach Frankreich bringen würde. Es ging um Leben und Tod!

Diese zwei Tage auf der Transfusionsstation waren anstrengend, aber sobald es vorbei ist, erholt man sich schnell wieder, erzählte uns Kay später. Wir waren sehr bewegt und voller Dankbarkeit, dass jemand aus unserem näheren Bekanntenkreis so konkret helfen konnte.

Kay D. rettete einem jungen Mann aus Frankreich mit seiner Stammzellspende das Leben. Hoffentlich!

Einige Tage später erhielt Jule Post vom NKR. Auch sie soll sich zur Nachtypisierung bereithalten. Falls sie noch dazu steht. Sie freute sich. Natürlich steht sie dazu, keine Frage. Wir wussten ja nun auch, wie es geht.

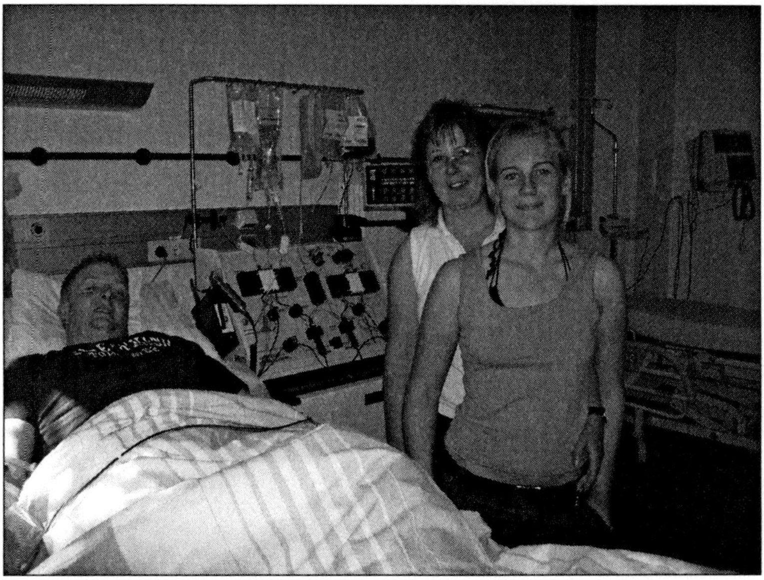

Kay D., Frauke und Jule während seiner Stammzellspende in der MHH

Auch die »Harlekins« hatten ihr Versprechen nicht vergessen. Sie organisierten am ersten Wochenende im September ein Gedenkturnier: »Remember-Benny-Cup«. Genau zwei Jahre war es her, dass wir den schicksalhaften Anruf aus Hannover bekommen hatten:

»Benni hat Leukämie«. Genau vor zwölf Jahren hatte Benni mit seinem Vater sein erstes Herthaspiel im Olympiastadion erlebt.

Was wir an diesem Samstag in Berlin erlebten, bewegte mich sehr.

Zehn Mannschaften aus der Umgebung und aus Karlsruhe waren angereist, um sich den Pokal zu erspielen. Aber eigentlich war das Nebensache. Die »Harlekins« hatten alles organisiert. Wir wollten helfen. »Nein, ihr sollt nur da sein.« Wir versorgten die Anwesenden wenigstens mit Informationen über Benni und unser aller gemeinsamen Kampf. Irgendwas wollten wir auch beitragen. Wie unnütz. Jeder, der hier war, wusste alles, war selbst bei verschiedenen Aktionen dabei gewesen. Sie hatten für dieses Turnier eimerweise Suppe gekocht, Kuchen gebacken, Brötchen geschmiert. Sie schleppten die Möbel und räumten auf. Jeder tat, was er konnte, bis zum Umfallen. Und nebenbei spielten sie Fußball. Ich hatte viel Zeit, mit den Mitstreitern aus Berlin, Karlsruhe und Hannover zu reden, sie besser kennen zu lernen. Wir ließen uns darauf ein, sprachen von ihren gemeinsamen Erlebnissen und dem Kampf um Benni. Wieder erfuhr ich vieles, was ich gar nicht gewusst hatte. Ich lernte MIC näher kennen. Er war bei fast allen Aktionen dabei, fotografierte alles und trug ein T-Shirt »Benni-Helfer«. Auf seiner Seite im Internet »hertha-inside« fand ich später unzählige Dokumente. Sie allein würden ein ganzes Buch füllen. Es ist schön zu sehen, dass Fußballfans ein riesengroßes Herz haben. Dass sie fest zusammenhalten und auch ihre Feindschaften vergessen, wenn es darauf ankommt.

Wir saßen im Gras, weinten und lachten zusammen und dachten an Benni. »Remember-Benni.« Nebenbei pfiff Zecke Neuendorf ein paar Spiele, er gehörte einfach dazu und es wurde kein Aufheben darum gemacht.

Remember Benni

In den letzten Monaten hatten wir viel Unterstützung und Halt in einer Selbsthilfegruppe gefunden. »Verwaiste Eltern«, unter diesem Namen finden sich Menschen zusammen, die ebenfalls ihre Kinder verloren haben. An keinem Ort der Welt sonst finden betroffene Angehörige so viel Verständnis und Mitgefühl. Hier darf man wütend sein, weinen oder alles zum hundertsten Mal erzählen. Keiner kann das so gut nachfühlen, keiner hat so viel Geduld wie »verwaiste Eltern« selbst. Nach solchen Stunden in diesem Kreis sind wir jedes Mal völlig erschöpft, ausgebrannt. Aber es ist unglaublich wichtig. Langsam können wir auch schon einmal anderen Betroffenen einen Rat, eine Erfahrung mitgeben. Alle hangeln an einem steilen Abgrund entlang. Manchmal denke ich:

»Es ist genau wie in Norwegen am Preikestolen.
Ein steiler, steiniger Weg.

Die Aussicht auf das Ziel ist oft von hohen kargen Felsen versperrt.

Manchmal sieht man nichts und niemanden vor sich, neben sich oder hinter sich.

Man ist ganz allein.

Oft gibt es keinen Halt.

Man kann sich entscheiden.

Halt suchen oder fallen lassen, abstürzen.

Diese Menschen reichen dir die Hand, sie ist schwach, aber sie hält. Für den Augenblick.

Bis zum nächsten Abgrund.«

Andy braucht viele Hände, er will manchmal keine.

Ich bin dankbar dafür, dass es auch hier wieder Freiwillige gibt, die solche Zusammenkünfte organisieren,

sich diesen geballten Schmerz antun.

Menschen, die helfen und verstehen. Manchmal auch ohne Worte.

Benni war wieder da

Juni 2006

Am Pfingstmontag hatte ich wieder einmal eine seltsame Begegnung. Bennis erster Todestag – früher sagte man: »Er ist heimgegangen« – das trifft vielleicht auch eher zu – war erst ein paar Tage her. Ich bereitete in der Küche etwas vor, und plötzlich stand jemand hinter mir. Ich spürte ganz deutlich den leichten Luftzug, dachte, Andy wäre es. Ich drehte mich um und wollte etwas zu ihm sagen. Aber da war kein Andy, nichts, niemand. Ich sah Benni vor mir stehen, er wollte mir das Messer aus der Hand nehmen … und den Salat selbst schnippeln. Einige unserer Freunde wollten an diesem Abend zu uns kommen und ihre Kinder, alle ungefähr in Benjamins Alter, mitbringen. Ganz spontan hatte sich die Verabredung ergeben. Mich beschlich ein komisches Gefühl. Ich war unsicher, wie würden wir uns fühlen, vor allem: Wie würde Andy sich fühlen inmitten dieser heilen Familien? War es richtig, sie zu uns zu holen? Aber wie schon so oft, die Antwort kam ganz allein. Benni gab sie, das tat er immer so mit mir, wenn ich mal ganz unsicher oder unglücklich war. Plötzlich war alles gut, es war eine gute Entscheidung, wir konnten es so machen. Alle sollten kommen, es wurde ein schöner und entspannter Abend.

Benjamin geht es gut, er ist erlöst.

Er ist froh, in einer anderen besseren Welt zu sein und treibt von dort, so wie es seine Art war, seinen Schabernack.

Ich habe eine ganz besondere Frau kennen gelernt. Eine Kollegin schickte mich zu ihr. Auf ihrer Visitenkarte steht: Physiotherapie, Trauerbegleitung, Hellsehen …« Vielleicht kann sie uns helfen. Ich spüre mit ihrer Hilfe Benjamins Energien. Tatsächlich, es ist so. Manchmal. Wie schön wäre es, könnte sein Vater das auch spüren. Aber er ist nicht bereit dazu. Noch nicht! Ich versorge ihn mit Literatur, es gibt unendlich viel darüber, mag es stimmen oder nicht. Das muss jeder für sich entscheiden.

Ich denke an dich, Benni, aber ich bin ganz friedlich. Ich weiß, es geht dir gut.

Bildnachweis:

Bild 1: Benjamin im September 1995, neu im örtlichen Fußballverein	Familie Bienert
Bild 2: Benni, Hertha-Fan mit Leib und Seele	Familie Bienert
Bild 3: Vater und Sohn on Tour	Frauke Roschitz
Bild 4: Jule und Benni on Tour	gefunden in Bennys Fotoalbum
Bild 5: Nach dem Kinobesuch	Frauke Roschitz
Bild 6: Es ist vollbracht	Frauke Roschitz
Bild 7: Das Arbeitszeugnis von Tante Trudchen	Archiv Frauke Roschitz
Bild 8: Vater und Sohn faulenzen ….	Frauke Roschitz
Bild 9: Mutter und Tochter am Strand	Frauke Roschitz
Bild 10: Papa Egon demonstriert….	Frauke Roschitz
Bild 11: Unser Haus am Fjord	Frauke Roschitz
Bild 12: Unser Fjord	André Bienert
Bild 13: Der „romantische Kutter“	Frauke Roschitz

Bild 14: Vater und Sohn, dem Himmel ganz nah	Frauke Roschitz
Bild 15. Auf dem Rückweg	Frauke Roschitz
Bild 16: Kay soll die Fans anheizen…	Michael Dötsch
Bild 17: Erster Artikel „Berliner Morgenpost“	„Berliner Morgenpost“
Bild 18: Weihnachten in Ägypten	Souvenierkarte
Bild 19: Benni	Frauke Roschitz
Bild 20: Überraschung: ein „arabischer“ Opa	André Bienert
Bild 21: Lena L und Kay B.	Frauke Roschitz
Bild 22: „Anstehen“	Frauke Roschitz
Bild 23: Bennis Mutter Regina mit „Zecke“ Neuendorf	Frauke Roschitz
Bild 24: Ohne Worte	Michael Dötsch
Bild 25: Flyer für die Aktion in Hannover	Rote Kurve Hannover
Bild 26: Zeitungsbericht „Benny, du schaffst es“	„Berliner Kurier“
Bild 27: Mein Vater mit seinen Eltern	Familienalbum

Bild 28: Schwestern Elma, Daniela und Heidrun	Frauke Roschitz
Bild 29: Benni als 5-jähriger	Ulrike Boitz
Bild 30: Jule, Frauke und Kay D. bei der Spende	Frauke Roschitz
Bild 31: „Remember-Benny-Cup", 02.09.2006	Frauke Roschitz
Bild Rückseite: Autorin	Foto-Studio Matte, Strausberg
Bild Cover	Michael Dötsch, André Bienert

Quellenangabe:

„Berliner Morgenpost“
„Berliner Kurier“
www.stadionwelt.de
www.hertha-inside.de
www.hb-98.de
www.hertha-bsc.de
„Sorge dich nicht, lebe“ von Dale Carnegie

Über die Autorin

Frauke Roschitz wurde 1963 in Rüdersdorf bei Berlin geboren.
Schon seit ihrer Schulzeit liebt es die ausgebildete Erzieherin und Verwaltungsangestellte, ihre Gedanken aufzuschreiben. Sie verfasste bereits zahlreiche Artikel für die regionale Presse, schrieb als Hobbyautorin Erlebnisse und Gefühle auf.
Seit „ihrem Leben mit Benjamin“ ist sie mehr und mehr fasziniert von der Kraft des Wortes, der Gedanken und des gemeinsamen Wollens.
Das Buch: „Mein Leben und Benjamin – KÄMPFEN BENNY“ ist ihr erstes Buch, in welchem sie den Schritt wagt, die Öffentlichkeit ihre Erfahrungen miterleben zu lassen.

Über das Buch

Frauke Roschitz lernte den fröhlichen und hoffnungsvollen Benjamin als 11-Jährigen kennen und ging ein Stück des Weges gemeinsam mit ihm. Im Sommer 2004 bleibt für den mittlerweile 20-jährigen Benny plötzlich die Welt stehen. Der bis zu diesem Tag kraftstrotzende und voller Zukunftspläne steckende Fußballfan erfährt aus heiterem Himmel seine erschütternde Diagnose: Leukämie in ihrer unheilvollsten Variante. Dennoch: Benny nimmt den Kampf auf. Und mit ihm nicht nur seine Familie und Freunde, sondern auch tausende fremde Menschen. Sein Schicksal bewegt das ganze Land. Es entfesselt ungeahnte Kräfte und löst eine unglaubliche Welle der Solidarität aus.
Von den ganz persönlichen Erinnerungen der Autorin sowie dem gemeinsamen Kampf erzählt sehr authentisch dieses spannende und ergreifende Buch.